꽃

시
절

김 영 애

잃어버린 시절

잃어버린 시절

제1판 제1쇄 발행 2021년 2월 1일

지은이   김영애
펴낸이   강봉구

펴낸곳   북만손출판사
등록번호   제406-2018-000139호
주소   10880 경기도 파주시 와석순환로 307, 1107-101(산내마을11단지)
전화   070-4067-8560
팩스   0505-499-8560
홈페이지   http://www.bookmanson.co.kr
이메일   bookmanson@naver.com

ⓒ 김영애

ISBN 979-11-90535-02-1   03810
값은 뒤표지에 있습니다.

김영애 소설

잃어버린 시절

북산

태어나면서부터 쫓기면서 태어나서
쫓으면서 사는 동안 우리는 무엇을 얻었으며
무엇을 잃었을까요.
바닷물이 밀려왔다가 밀려가듯이
아무것도 얻은 것도 없으며
사실은 잃은 것도 없습니다.
가졌을 때는 세상이 모두 내 것 같았다가
잃었을 때는 절망만 남는 것이지만
그래도 우리에게는 희망이 있습니다.
태양이 있는 한
언제나 그랬듯이 우리는 또 태어나고
바닷물은 또 밀려올 테니까요.
태어나는 것이 희망이고
밀려오는 바닷물이 희망입니다.
대가들의 이야기에 어김없이 등장하는
한국 전쟁의 비참함이나 세계 전쟁의 잔혹성은

이제는 딱지 떨어진 흉터의 흔적처럼 찾아보기 싫은
식상한 이야기입니다.
폭력성보다는 잔잔한 이야기!
신춘문예 당선작은 하나같이 철사줄로 꽁꽁 엮어
분재로 만든 나무를 보는 것 같아 불편하고,
누구 집에나 있는 뒷뜰의 풍경처럼
아련한 추억 같은 이야기를 쓰고 싶었습니다.

차례

장독대와
포도나무가 있는

4살 때는 군산에 살았다.

영동엔 동서로 뻗은, 아스팔트가 된 큰 길이 나 있다. 한 길로 쭉 뻗은 거리 양쪽에는 상점들이 있고, 서쪽 끝은 시가지 한복판으로 가는 길이다. 오른쪽으로 군산 경찰서가 보이는 거리의 첫 집은 유리가게, 모자점, 그다음은 명찰 등을 새기는 가게, 양복점이 있다. 그 옆에는 중국 사람이 하는 양장점이 있다. 그 양장점엔 친구 '끼니'가 산다.

거울가게 옆으로는 작은할머니 양품점이 있다. 그 가게만 유독 다른 집과는 달리 유리문에 페인트로 '창성 백화점'이라고 쓰여 있다. 백화점도 아닌데 양품점 간판은 '창성 백화점'이다. 양품점은 스르륵, 너무나 부드럽게 열리는 유리문으로 들어가면 굉장히 좋은 냄새가 난다. 나프탈렌 냄새가 약간 섞인 향수 냄새 때문에 그 집에 있는 모든 상품에서 그런 냄새가 나는 것 같았다.

초록색 꽃이 달린 빨간 스웨터, 예쁜 손수건, 머리핀, 스카프, 화장품, 양말, 장갑, 지갑, 백, 반코트 등을 비롯한 많은 옷들이 벽에 있는 유리 상자 안에 넣어 진열되어 있다. 작은할머니는 손님이 오면 그 유리문을 열고 긴 장대로 옷걸이를 내린다. 부인들이 유리 상자 안에 있는 예쁜 물건들을 구경하고 있으면 천천히 유리문을 소리도 없이 열어 물건을 꺼내 보여 주시는데, 꼭 '물건'이라고 하셨다.

"이 물건은…."

작은할머니는 손에 색색의 보석반지를 끼우고 계셨는데, 작은할머니에게서도 좋은 냄새가 났다.

작은할머니는 멋쟁이 할머니다. 작은할머니 큰 딸은 이화여대에 다니고 큰 아들은 의사가 된다고 했다. 둘째딸은 미스코리아라는데, 우리 동네 사진관에도 사진이 걸려 있다.

좁고 계단이 많은 작은할머니네 이 층에는 타자기와 갖가지 신기한 것이 많았다. "작은할머니네는 부잣집"이라고 말하면 할머니는 "작은할머니 집은 북향이고 우리 집은 남향"이라고 말씀하셨다.

작은할머니집 앞이 우리 집이다. 우리 집 옆집은 일본 사람 구두수선가게다. '하상'이라는 일본 사람과 아버지는 항상 웃으면서 인사를 했다. 다리를 약간 절뚝거리는 그 일본 사람은 좀 수줍어 하는 듯 보였다. 그는 항상 말이 없고 가끔 웃는 것 외엔 얌전했다. 언제나 무릎에 두꺼운 천을 대고 구두를 깁고 있었다.

저녁 먹을 때 아버지는 '일본 사람들은 부지런하다. 특히 화장실엔 떡을 찍어 먹어도 좋을 만큼 깨끗하다'고 칭찬하신다. 고모나 이모는 그럴 때마다,

"아무리 그래도 떡 찍어 먹는 건 좀…."

"아이 드러."

라고 했다.

- 내 생각에도 그 정도로 깨끗하다는 말처럼 들리는데….

- 떡은 안 찍어 먹으면 되지 뭐!

왼쪽 옆집은 중국 사람의 식재료 상점인데, 우리 집처럼 가게 문을 닫아 놓을 때가 많았다. 상인들도 쪽문으로 드나들었는데, 어떤 때는 다 열어 놓을 때도 있었다. 그 문으로 잘 생긴 아저씨와 예쁜 여자가 활짝 웃고 있는 모습이 보였다. 그렇게 다 열어 놓으면 보기도 훨씬 좋은데 왜 맨날 닫아 놓고 쪽문으로 다니는지 알 수 없다.

우리 집 장독대가 있는 뒤뜰 포도밭 쪽으로 그 집 창고가 보이는데 드럼통, 밀가루 포대, 설탕포대를 천장까지 가득 쌓아 놓았다. 가끔 그 창고에서 여자 우는 소리가 났다. 동네 사람들은 그 중국 사람이 부인을 때린다고, 그것도 기둥에 매달아 놓고 때린다고 했다. 낮이고 밤이고 여자 우는 소리가 나면 엄마와 할머니는 우리들한테 조용히 하라며, 입에 손가락을 갖다 대고 "쉿" 했다.

- 히 우리 집까지 숨죽이고 불안해하다니!

"그 중국 아저씨 뭐야?"

"왜 그런데?"

아무리 물어도 할머니와 엄마는 방바닥만 내려다보고 고개를 숙이고 있다.

- 아무 말 없이.

- 일하는 사람들 외엔 별다른 식구들도 없는 것 같은데 문을 잠가 놓고 남자가 여자를 때리면 얼마나 무서울까?!

하고 잠시 생각해 보기도 했다.

그러면 할머니께서는 "아니라고, 아니라고…." 하셨고, 동네 아주머니들은 수군수군하면서 "매 맞아 우는 거야."라고 했다.

옆집인 우리 집만 그 소리를 들은 게 아니고 동네가 다 알고 있었다. 그 집에는 아이들도 없고 일하는 아저씨들만 여러 명이 있다가 가곤 했다. 무섭고 기분 나쁘기는 했지만 그 집과 우리 집은 엄연히 울타리가 있어서 그 중국 아저씨가 우리 집에 올리는 없을 거라는 생각을 하니 괜찮았다.

또 우린

- 무서운 할머니와 엄마가 있는데 뭐!

- 안 무섭지!

- 그리고 우리 아버지는 경찰이잖아?

그렇게 생각하니 그 다음부터는 우는 소리가 나든지 상관하지 않았다. 우리 집은 제일 좋은 곳이고 제일 안전하다고 굳게 믿었다.

그런데! 우리 집 현관에는 군대용 철제의자가 하나 있다. 사람이 앉을 수 있는 큰 의자는 아니고, 높은 곳에 있는 물건을 꺼내고 올릴 때 쓰일 만한 국방색 칠이 돼 있는 작은 철제의자였다. 동생 하고 의자 위에 올라갔다, 내려갔다, 올라갔다, 멀리 뛰다가 하며 놀았다.

안으로 뭘 가지러 들어가는데 뒤에서 의자 넘어지는 소리가 들리더니 동생이 울었다!

- 동생이 의자에서 넘어졌나 보다.

뛰어가서 보니 눈이 이미 피범벅이 되어서 얼굴에서 피가 흐르고 있었다. 더 볼 수가 없이 너무나 놀라서 집안에다 소리를 질렀다.

"엄마! 국진이 눈깔 빠졌어!"

하고 울부짖었다.

할머니, 엄마, 고모, 사촌오빠들이 한꺼번에 쏟아져 나아서 급히 수건으로 싸매고 병원으로 갔다.

옆집처럼 우리 집도 적막강산이 되어서 나 혼자 기다리고 있는데, 한참만에야 다들 돌아왔다. 다행히도 눈은 괜찮았다고…. 눈 밑이 찢어져서 몇 바늘인지 꿰맸다고 한다. 그 후에 한 참후 까지 사촌오빠들은 나를 놀렸다.

"엄마! 국진이 눈깔 빠졌어!"

그땐 정말 동생이 잘못되는 줄 알았다.

'끼니'네는 중국집인데도 사람들이 참 다정했다. 끼니 엄마도 그렇고. 이모도 그렇고.

끼니네 이모는 언제나 재봉틀을 돌리면서도 항상 웃고 있었다.

발을 구르며 재봉틀을 돌리고 실은 입으로 똑똑 잘랐다. 내가 놀러갔을 때 끼니 엄마는 중국 빵을 먹으라고 했다. 복숭아 모양과 돼지 모양의 빵을 붉은색, 초록색으로 물들인 맨 빵이었다. 한 겹 한 겹 벗겨 먹으면 맛있었다.

처음엔 그 속에 팥이 들어 있는 줄 알고 계속 먹어도 팥이 안 나왔다. 팥은 없고 그냥 하얀 빵에 분홍색으로 복숭아 모양을 선을 둘러서 만들고 돼지 눈, 코, 입은 분홍색과 초록색으로 찍어 놓은 빵을 광주리에 가득 담아 보자기로 덮어 놓았다.

그 집은 방에 올라가려면 높아서 한 번에 안 되고, 다리를 크게 들어도 올라가지지 않아서 한 번 껑충 뛰어서 올라가면 끼니 엄마와 이모는 그 모양을 지켜보며 깔깔대고 웃었다.

- 그게 그렇게 웃긴가?

나한테는 너무 높았는데 나보다 키가 작은 끼니는 홀짝홀짝 잘도 올라갔다.

- 어떻게 저렇게 잘 올라가지?

아마도 불 때는 아궁이 위에 있는 방이라서 그렇게 높은 게 아닌가 싶다. 그 아궁이에서 빵도 굽고 음식도 데웠다. 방은 크지 않았지만 따뜻했다. 아랫목에서 이불을 덮고 빵을 먹다가 이층에 올라가면 마루방이 있는데, 거기는 늘 추웠다.

끼니에게는 오빠가 있었는데 우리는 그 곳에서 병원놀이를 하고 놀았다.

- 끼니 오빠가 의사, 끼니는 환자.

- 주사 맞고 또 이번엔 끼니가 의사, 오빠는 환자.

간호사였던 나는 별로 할 일도 없고 금방 재미가 없어져서 또다시 빵 먹으러 내려왔다. 그 방은 너무 추웠다.

집에 와서 저녁 먹고 밖으로 나가면 거리는 상점의 불빛들로 낮보다 더 환했다.

우리 집은 가게 문을 일찍 닫았기 때문에 동네 아이들이 모두 우리 집 앞에서 놀았다. 공기 받기, 무궁화 꽃이 피었습니다, 고무줄놀이, 땅따먹기, 구슬치기, 비석치기….

땅따먹기는 둥글게 울타리를 그려 놓고 그 안에서 기와조각을 손가락으로 출발선에서 튕겨서 그 시점에서 손바닥으로 컴퍼스처럼 최대한 넓게 그리면 그건 자기 땅이 되는 것이다. 하얀 석필로 아스팔트 위에 표시를 했다. 너무 멀리 튕겨서 한 뼘 크기로 잴 수 없을 때는 상대방에게 넘어갔다. 그렇게 땅을 넓혀 가는 놀이가 제일 재미있었다.

그렇게 놀다 보면 할머니가 나와서 시끄러우니 딴 데 가서 놀라고 소리를 치셨다. 그러면 아이들은 우르르 몰려갔다가 다시 또 와서 놀았다. 할머니가 아무리 소리를 질러도 하루도 노는 것을 건너 뛴 적은 없었다.

그것보다 더 재밌는 건.

햇빛이 쨍쨍한 대낮에는 몇 번씩 가게 앞에 물을 뿌리는 양화점인데 반짝반짝 닦아 놓은 유리 진열장에 코를 탁대고 하얀색 샌들을 구경하는 거였다. 그러면 새 구두 냄새도 나는 듯했다.

너무너무 예쁜 구두들을 한없이 바라보고 있어도 가게 주인 아저씨는 아무 말도 하지 않았다. 나는 그걸 꼭 신어보고 싶었다.

한 번은 가게주인이 나와서 나를 데리고 가게 안으로 들어가서는

"이거? 이게 이뻐?"

"신어 봐."

했다. 나는 입이 옆으로 벌어졌다. 신어 볼 수는 있었는데 걸을 수가 없었다.

― 빨리 커서 구두를 사야지.

"더 큰 다음에 사러 와아!"

하며 아저씨는 웃었다.

양화점 옆은 사진관 골목이고, 그 옆은 자전거포였는데, 사진관과 자전거포는 작은할머니네 거였다. 세를 줬나 보다.

작은할머니네 이 층에는 타자기가 있었다. 타자기는 의사 아저씨가 "탁탁 치르르" 하고 쳤다. 나는 이상하게도 타자기를 쳐보고 싶지는 않았다.

작은할머니네도 피아노는 없어서 셋째 고모는 다른 집으로 피아노 레슨을 받으러 다녔다.

하루는 바둑 껌을 씹으며 고모들 하고 작은할머니네집 방에 누워 있는데 벽을 보니 나무토막만 한 초콜릿이 빨강 리본까지 매달고 걸려 있었다.

― 왜 이 고모들은 초콜릿을 먹지 않고 걸어 두고만 있나?

하고 몇 달이 지나도 그대로 있었다.

그러다가 누가 옷을 걸다가 그 초콜릿을 건드려서 바닥에 툭 떨

어 뜨려 서 초콜릿은 두 동강이 나 버렸다. 얼른 일어나서 보니 속이 하얗게 빈 상자였다. 얼마나 실망했는지 자꾸 들여다봤다. 그 속을…. 거기엔 졸업장만 들어 있었다.

- 졸업장 케이스가 초콜릿인줄 알고 왜 안 먹나 했지.

작은할머니는 자식들이 많았는데도 왜 나를 예뻐하셨는지 모르겠다. 작은할머니네 막내딸은 나보다 두 살 아래였다(내가 쥐띠, 그 고모는 호랑이띠). 작은할머니는 막내딸에게 "너는 영길이보고 그냥 언니라고 해라."하셨다. 언니라고 해도 그냥 받아줄려고 했는데, 언니라고 하지는 않고 이름은 안 부르고 말했다.

- 나는 고모라고 했지만.

모든 사람들이 솜사탕처럼 다 친절하고 부드럽고 다정했다. 내 돌 복도 최고급 연분홍 깨끼로 선물해 주셨다고 엄마는 늘 자랑삼아 얘기했다.

내가 큰딸이라 서울거리를 잘 알 것 같아서 그랬는지, 그 후 서울로 와서도 작은할머니는 나를 자주 데리고 다니셨다. 그래서인지, 엄마 아빠는 작은할머니라면 늘 식사대접을 하곤 하셨다.

화목하다. 사이좋은 관계가 끝까지 갔다. 친척끼리 한 동네에서 보기 좋은 모습으로 사람들이 서로 사랑하고 도왔다.

구름 속처럼 편안한 착한 세상, 착한 사람들, 따뜻한 가족.

친척들 모두가 김이 나는 목욕탕 욕조에 들어가 앉아 있는 것 같은 편안함. 이것이 유년시절에 가졌던 모두였고, 출발이었고, 근원이었다.

할머니는 조근조근 비밀스럽게 말씀하셨다. 작은할머니를 두고 작은할아버지가 사람이 워낙 인물이 좋아서, 본부인이 있었는데 버리고 지금 부인은 둘째 부인이라고. 한때는 집안에서 쳐주지도 않았는데 여자가 워낙 수완이 좋아서 신랑 금방석에 앉히고 자식들 의사 만들어서 이제는 다들 아무 말 안한다고 하셨다. 할머니에게 돈은 없었지만 그런 말씀 하실 때 할머니는 당당해 보였다.

그래도 할머니는 작은할머니를 잘 대해 주셨다. 그 집 고모나 아저씨들도 우리 할머니께 큰어머니, 큰어머니 하면서 친하게 지냈다. 큰어머니 본다고 남대문에서 이대 앞까지 걸어올 정도로. 우리 집 대소사엔 지금까지도 꼭 참석한다.

"아! 송선화, 하면 군산이 쩌렁쩌렁했지!"

작은할머니를 두고 엄마는 늘 그렇게 말한다.

여장부의 힘으로 성공한 쿠데타는 쿠데타가 아니다?

두 가정이 화목하게 지내는 것 같다.

우리 집 뒤뜰에는 장독대와 포도나무가 있다.

대나무로 발을 엮어 높이 올라 뒷마당을 어른이 다녀도 머리에 닿지 않았다. 포도가 익으면 시커먼 포도송이들이 주렁주렁 하늘이 안 보일 정도로 탐스럽게 매달려 있어도 누구도 그 포도를 그렇게 따먹지도 않았다.

그 포도나무들을 지나면 뒷문이 있는데 뒷문을 열면 다른 사람들이 사는 조금 작은 집들이 있었고 그 앞으로는 넓은 밭이 있다. 앞 가게 문 앞은 아스팔트길인데 뒷문 앞은 그냥 까만 땅이 있는 넓은 밭. 철조망이 아이들 허리 정도 높이로 쳐져 있는데 운동장 열 배쯤 되는 넓은 밭이다.

그 밭 너머는 길 건너 다른 동네다. 할머니는 내 손을 잡고 그 밭을 쳐다보며

"이런 밭을 사야 하는데….."

"할머니! 이 넓은 밭을 다 사서 뭐하게?"

"그래도 사면 좋지! 너는 꼭 이담에 커서 부자 되어라. 부자 되면 조상님께 제사 올릴 때도 쇠고기 산적은 손바닥 두께만큼 두툼하게 올려야 한다! 암! 부자 돼야지!"

할머니는 그 넓은 밭을 하염없이 서서 바라보셨고 나는 그런 할머니 손을 잡은 채 옆에 서서 노란 배추꽃만 쳐다보았다. 귀여운 배추꽃은 키만 커져 있었다.

"왜 이렇게 자랐어!"

"너무 커! 너무 커!"

- 철조망 옆으로 쭈욱 노오란 배추꽃이다.

가게 앞길 동쪽 끝으로는 우체국이 있다. 우체국에서 일을 보고 나오는 사람들은 유난히 바빠 보이고 학식이 있어 보인다. 우체국은 다른 데보다 항상 사람들이 많이 드나들었다. 우체국 옆은 약국인데 우리 집 식구들은 약국엔 간 적이 없는 것 같다.

어느 초여름.

꽃게로 끓인 국에 저녁을 먹고, 엄마는 동생을 안고 나는 엄마 치마자락을 잡고 집 앞에 나와 서서 비릿한 게 냄새가 나는 채로 하늘을 올려다보면 발갛게 물들어 오는 저녁노을 밑으로 부드러운 바람이 분다.

바람은 입가에 살랑거렸다.

비릿한 게 냄새 때문에 나는 게으른 웃음을 짓는다.

배도 부르고 기분도 좋고 해서 우리 집 앞에서 공기놀이를 하는 친구들을 내려다보며 서 있는 이때가 너무 좋다.

계속 빙글거리며 바람에 입술을 삐죽 내밀고 씻고 있으니 낮에 다 팔지 못한 연밥을 양은 다라에 이고 온 아주머니가 "끙" 하고 다라를 발밑에 내려놓는다.

"바람도 시원한데 좀 쉬어가자."

하고 똬리를 깔고 앉는다.

다라에는 백합꽃처럼 생긴 연밥이 서너 개씩 묶여 있다. 아주머니가 한 다발 들고

"하나 팔아 주쇼! 실해여, 연밥이!"

한다.

이것저것 고르더니 큼직해 보이는 걸로 내민다. 엄마는 받아서 나에게 건네고 치마를 들어서 속주머니에서 돈을 꺼낸다. 꽃다발처럼 생긴 연밥묶음을 한 손에 들고 먹어보면 살캉거리고 씹히는 게 고소하고 맛있다.

"아, 맛있어!"

"엄마, 고소해!"

놀던 아이들이 집으로 쫓아 들어가서 엄마들을 졸라 연밥을 사러 나오기도 해서 그 아주머니는 깔고 앉아 있던 똬리로 그렇게 윤이 나던 하얀색 양은 다라를 자꾸 더 닦으면서 일어난다.

강건너 불

밤도 깊어서 한참을 자고 있었을 텐데 주위가 두런두런 소란스럽다.

"불이 났대!"

"불났대?"

"고무공장에 불났다네!"

들리는 소리에 "불"이라고 했다.

자다 말고 어찌 그리 소식은 잘 스며드는지, 나는 큰애처럼 일어나서 식구들 따라 집밖으로 나왔다.

길 끝을 돌아서 어두운 밤인데도 공터 밭 너머 뚝빵 쪽으로 시커먼 하늘로 불길이 빨갛게 솟아오른다!

이미 사람들은 까맣게 나와 장대들처럼 서 있다.

불보고 놀라고 사람보고 놀라고,

- 우리 동네에 이렇게 많은 사람들이 살았나?
- 자다 말고.

그야말로 강 건너 불구경이었다.

뚝방길 위로 검은 연기와 함께 넓게 자리한 붉은 기운은 너무 넓었다.

고무 타는 냄새가 났다.

"고무 타는 내 봐!"

"고무공장이 맞나 보네."

"고무공장이 불 난 거야."

사람들은 조용조용히 불 난 곳을 더듬었다.

"사람들은 없을라나?"

"공장사람들은 다 퇴근했을 테니 그나마 다행이네."

"이러다가 여기까지 오겠네!"

"여기까진 못 오지!"

"아이고, 무서라."

"어떻게 해!"

저 빨간 불도 무섭지만,

- 여기 서 있는 이 까만 사람들도 무섭다! 언제 나왔지?

참 기막힌 노릇이다!

깜깜한 밤중에 강 건너 불구경만 하고 있다니!

이렇게 시커멓게 많은 사람들이 어떻게 좀 아무 도움도 줄 수가 없나?

점점 더 번지는 불!

"타다닥 타다닥" 소리까지 난다.

저기 저 불! 여기 이 사람들!

그렇게 아무 말도 없이, 사람들은 새벽을 볼 양으로 담장처럼 그렇게 서 있었다! 사람들은 말을 잃었다!

좀처럼 가라앉지도 않을 것 같은 불길을 두고 우리 식구들은 조용히 돌아서서 집으로 향했다. 누구도 가자고 말하지도 않았고 누구도 손을 안 잡아줘도 그 어두운 길을 각자 알아서 걸어갔다.

시커먼데 빨갛기까지 하니 정말 두려웠다!

어찌됐던 머지 않아 내일은 오겠지, 하는 마음으로 자리에 누웠다.

모두들 아무도 어떻게 해 볼 수도 없었다.

동네사람들 물바가지는 어림도 없고 소방서 물 호스로도, 소방차 몇 대가 와도 저 하늘을 덮은 빨간불을 어찌할 수 없을 것 같다.

저 시커먼 하늘!

저 빨간불!

- 저건 명분이 확실한 태양만이 해결할 수 있겠다!

가슴속에서 내린 결론이다!

변산반도에서

동이 트기도 전인데 새벽부터 아버진 어딜 가시나 보다. 식구들이 모두 짐을 나르고 부산하다. 식기들이랑 먹을 것과 또 무엇들을 주섬주섬 챙기고 나른다.

안채에서 현관문까지 가게 옆 통로가 이어져 좀 길다.

사람들이 왔다갔다 분주해서 따라가 보니 트럭이 와 있다.

짐을 다 실었다고 생각한 아버지는 나에게

"앞에 탈래? 뒤에 탈래?"

- 나도 가나?

앞에는 다른 사람도 있고 운전수도 있다.

앞에 탄다면 답답할 것 같아서 나는 "뒤에요!"하고 말했다. 아버지는 "그래?" 가볍게 승낙하셨다. 뒷자리에 아버지와 내가 둘이 탔다. 거기엔 나무로 된 긴 의자가 있어서 편했다.

위험하다든지 그런 생각은 들지 않았다. 엄마는 동생을 낳고 몸조리 중이고 할머니는 엄마 산후조리를 도우셨던 것 같다. 다른 일행은 있었지만 우리 식구들 중에는 나만 아버지를 따라 휴가를 가고 있다. 차는 곧바로 출발해서 시외를 달리고 있다.

바람은 시원하고 나뭇잎들이 흔들리는 모습이 너무 아름다운데 차가 빨리 달려서 나뭇잎을 자세히 볼 수는 없었다.

바람은 사람이 천천히 가면 천천히 따라오고 빨리 가면 빨리 따라온다.

구름도 따라온다.

구름은 아무리 따라와도 지치지도 않는다.

아버지는 내가 혹시 멀미라도 하지 않나 걱정하셨는지 자꾸 내 얼굴을 들여다보신다.

이른 아침이고 바람도 상쾌하다. 식구들은 모두 다 집에 누워 있을 텐데 나는 아버지와 차를 타고 달리면서 지나가는 나무들과 싱싱한 소리를 낼 것 같은 나뭇잎들을 실컷 볼 수 있어서 나는 코에서 신바람이 난다. 얼굴 옆으로 바람이 "휙" 지나간다. 나뭇잎들이 "휙" 지나간다. 돌아다보면 나뭇가지들은 계속 차를 보고 손을 흔들고 있다.

그때는 지금처럼 먹는 것을 누구나 그렇게 열심히 하지 않았다.
어른들은 모이면 앉아서 얘기들을 쉬지 않고 했고, 이렇게 어디를 간다하면 다들 좋아했다. 발밑에 보따리는 많은데 아버지는 나에게 무얼 먹으라고 하지는 않았다.
아버지도 나처럼 가끔 지나가는 나무들을 보면서 코로 숨을 크게 쉬시는 것 같아 보였다. 나는 그 모습도 보기에 좋았다.
- 아버지는 모처럼 한가한 휴식을 숨 쉬시는가 보다.
나무들이 많이도 지나갔다.
다른 가게들 문 열기도 전에 출발했는데 저녁때가 다 되어서야 목적지에 도착했다.
- 변산반도!
백사장이 넓고 바로 눈앞에 바다가 보인다. 태어나서 처음, 땅 끝에 넓은 바닷물이 같이 붙어 있는걸 보았다!
눈이 크게 떠졌다!
한없이 넓고 끝도 없는 망망대해!
저렇게 큰 바닷물에도 땅은 물에 젖은 채 가라앉지도 않았다!
아무렇지도 않게 물하고 놀고 있다!
장난치며 노나 보다?!
- 이상했다.

- 흙은 물에 녹는 건데 (이건 누가 가르쳐 준 적도 없는 내 생각)
- 이상하다.
- 이러다가 점점 물이 올라와 젖은 땅이 기울어 마침내 밑으로 "쑤욱" 들어가서 가라앉아 물속으로 빠지는 건 아닌가!
- 근데 저렇게 물하고 땅하고 잘 놀고 있는 걸 보니 발밑으로 빠지지는 않겠는데!
- 맑은 물이 스믈스믈 왔다 가면 땅이 세수한 말간 얼굴을 쓱~ 내민다.
- 흙은 물에 녹는 건데.
- 아닌가?
- 자다 말고 차를 너무 멀리 타고 왔나?
지치기도 했고, 물하고 땅하고 저러고 있는 바람에 잠깐 어지러워서 멍하니 그냥 서 있다.
아버지는 일행들과 너무 즐거운 얼굴로 기분 좋게 환하게 웃고 있다.
바다가 보이는, 발이 쳐져 있는 방에 나를 두시면서
"여기서는 밖에 나가면 위험하니까 여기 가만히 있으라고."
하시고 뭐 마실 것을 두고 가셨다.
그런데 아무래도 궁금하다.
- 흙은 물에 녹는 건데.
다시 한 번 가 보기로 하고 살금살금 물 끝으로 걸어가 보았다. 그러나 물은 너무나도 투명하고 명쾌하게 모래사장과 잘 놀고 있었다.

- 점점 녹아들고 있을 줄 알았는데.

- 가까이 가다간 내 발조차 쑥 빠질 줄 알았는데.

- 그러면 이게 뭔가?!

이 문제는 아버지께 물어보면 안 될 것 같다.

그것보다 아버지도 나에게 설명하기가 어려울 것만 같아서 아버지를 힘들게 하기는 싫었다. 또한 아버지가 설명을 해도 내가 끝까지 또 물어보고 또 물어보고….

내가 듣고 싶은 대답이 안 나올 것 같고, 내가 모르는 문제를 아버지도 모르고 세상 아무도 모를 것 같아 물어볼수록 나만 가슴이 답답해질 것 같다.

- 물하고 땅하고.

- 땅 끝의 물.

- 물은 왜 땅 끝에서 그러고만 있는 건지.

- 언제 땅을 물속으로 끌어들일 건지.

끝까지 대답을 안 할 것 같아서 놓아두고 아버지를 찾아보기로 한다.

- 어디 계시나?

여기저기 신기하게 쳐다보고 다니다가 아버지를 찾았다.

엥! 할아버지 같은 분들이 술 마시고 웃고 떠들고 하는 줄 알았다. 그런데 거기에 빨갛게 된 얼굴로 활짝 웃고 있는 아버지가 있었다!

집에서는 본 적이 없는 아주 즐거운 얼굴이었다. 그런 아버지가 조금 낯설었다.

바다는 백사장과 놀고, 백사장 안쪽으로는 아저씨들이 그처럼 놀고 있다.

발이 쳐져 있는 방으로 돌아와서 앉았다.
다리를 쭉 뻗고 앉아서 내 발만 쳐다보고 있으니까 지루하고, 시끄러워졌다. 심심하기도 하고 재미도 없다.
아버지가 수시로 과자와 무얼 먹으라고 가지고 오셔도 그냥 심심했다.
너무너무 지루한 날이 지나고 다음 날 집으로 오는 중에 아버지는 할머니 드린다고 원두막이 있는 밭에서 과일을 많이 사셨다.
- 저걸 누가 먹는다고.
나중에 들은 얘기지만 과일은 엄마가 좋아하고 할머니는 생선을 좋아하신다고 했는데 아버지는 생선도 챙기셨나?

달팽이

햇빛이 쨍쨍한 날은 부엌이 시원하다. 우리 집에서 제일 넓은 곳인 부엌은 바닥은 안방보다 사뭇 낮고 천정은 높아서 북쪽으로 난 창문으로 보이는 포도 나뭇잎을 보고 있으면 서늘하고 고요하다. 부엌에는 넓고 커다란 찬장이 두 개가 있는데 엄마가 자주 사용하는 왼쪽 찬장은 안방 옆으로 달린 마루 옆에 있는 것으로 반찬이나 그릇들이 있다.

오른쪽 부엌문 옆에 있는 찬장은 그것도 크고 좋은데 잘 쓰지 않는 것 같다. 안방에서부터 멀어서일까? 아니면 거기까지 넣어 둘 물건이 없었나? 그냥 똑같은 찬장이 그렇게 두 개 있다.

앉아 있다가 심심해져서 그 찬장 서랍들을 열어 보기 시작했다. 빼닫이는 빼보고 미닫이는 밀어도 보고 부엌문 쪽에 있는 찬장에 올라가려면 좀 높다. 마루처럼 된 살강 위로 올라가려면 다리를 크게 들어야 된다.

힘껏 올라가서 가슴 앞에 바짝 있는 찬 장문을 아래 칸부터 (뒤로 떨어지지 않게 조심하면서) 미닫이를 밀었다.

웅!! 찬장 구석에 내 손바닥만 한 달팽이가 노랗게 있다!

잠깐 놀랐지만 뒤로 자빠지지는 않았다. 바로 뒤통수에서부터 밀려오는 생각!

아!

우리 엄마는 살림을 못하나 보다! 하는 아주 짧은 슬픈 생각 때문에 놀랠 수가 없다!

달팽이가 이 정도로 클 때까지 이 찬 장문을 열어 보지 않는 엄마는….

자신의 부엌 찬장 구석에 손바닥만큼 큰 달팽이가 나보다 더 당당하게 자리 잡고 앉아서 내가 째려봐도 꿈쩍도 않는 이 상황은….

엄마는 뭐든지 잘하고 뭐든지 잘할 수 있다고 믿었던 나는 징그럽고 고요한 실망감으로 놀랠 수가 없다.

이 일을 나는 엄마에게 말하지 않을 생각이다! 엄마 얼굴을 보고 달팽이 얘기를 하면 살림을 야무지게 살지 않은 것으로 엄마가 무안해할 것 같아서….

내가 지금 이 얘기를 하지 않아도 그 전에라도 이후에라도 이런 경험을 엄마는 했을 것이다.

그때 알아도 이미 충분하다.

눈으로 본 달팽이에 대한 놀라움과 뒤통수에서 밀어내는 엄마에 대한 실망스러움이 팽팽하게 당겨져서 가느다란 더듬이를 실실 움직이는 달팽이를 지켜보다가 조용히 미닫이를 닫았다.

그런데 그 달팽이를 태어나서 처음 보았는데 그게 달팽이 일거라는 생각은 어떻게 났고 달팽이가 그만큼 크려면 상당한 시일이 걸렸을 거란 생각은 어디서 났을까?

할머니 회갑연

할머니 회갑이라고 해서 며칠 전부터 고모들이랑 친척들이 와서 장도 봐오고 다듬고 하는데 부엌 바닥에 가마니를 깔고 앉아 놋그릇들을 닦는다.

무슨 하얀 가루약을 찍어 바르며 닦기도 하고 기왓장을 부수어 가루를 내어 닦기도 한다.

짚을 뭉쳐가지고 물을 조금 묻혀서 가루를 묻히고 해서는 닦고, 닦고….

하루 종일 닦는다.

음식 만드는 것보다 놋그릇 닦는 일이 더 오래 걸리는 일 같다.

시간도 많이 들지만 힘도 더 들어 보인다.

마루에 앉아서 놋그릇 닦는 걸 들여다보는 나까지 힘들어 죽겠는데 닦는 사람들은 땀을 흘리며 닦으면서도 반짝반짝해졌다고 옆 사람에게 보이며 자랑까지 하고 아직 안 닦인 쪽과 비교하며 활짝 웃는다.

저런 웃음은 그때 놀러가서 아버지가 친구들하고 웃던 웃음 그것과 같다.

저렇게 닦으면 힘들어 보이는데 땀을 뚝뚝 흘려가면서 힘들어도 반짝 반짝 하다고 웃는 모습이 훨씬 이기는 것 같다!

놋그릇을 닦아서 윤이 난다고 그렇게 땀을 흘리면서도 저렇게 좋아하는걸 보니….

- 이 다음에 커서 어른이 되어도 별다른 큰 즐거움은 없겠구나.

최고로 즐거워하는 남자들의 웃음도 보고 최고로 즐거워하는 여자들의 웃음도 보니 더 이상의 즐거움은 이 세상엔 없나 보다.

- 어른이 되어도.

- 그런가!!

드디어 회갑이 되어서 할머니는 은은하고 반듯한 양단 한복을 진솔로 입으시고, 아버지부터 쭉 차례대로 올리는 술잔과 절을 받으시고 안방에서 가족사진을 찍는데, 사진은 사진사가 우리 집으로 와서 찍는다.

사진사는 까만 보자기를 덮어썼다가 다시 사람들을 세우고 높은 과자들을 다시 놓고(높은 과자들은 사진관에서 가지고 온 것) 회갑이 사진사 마음대로인 것 같다.

너무 지루하고 사진 찍기 싫어졌다. 다 서 있는데 안 찍겠다고 빠져나와 서 있다.

끝까지 버티다가 누가 '아이스케키'를 사다 주길래 그걸 입에 물고 빨아먹는 동안 사진 찍기를 마쳤다!

큰고모 작은아저씨

작은할머니네집 미스코리아 고모는 부잣집 아들과 혼사 얘기가 있는데 고모는 좋아하고 할머니는 반대하신다고 한다.

- 왜 어른들은 반대라는 걸 하실까?
- 그래서 어른일까?
- 다 좋으면 좋을 텐데….

그래서 작은할머니 몰래 미스코리아 고모와 상대방이 만난다고 하는 빵집엘 간다고 셋째 고모가 나에게 같이 가보자고 했다.

- 모든 게 다 몰래 몰래다.

우리는 숨어서 보자고 했다.

빵집 문 뒤에 숨어봤자 유리문이라 다 보인다.

- 고모이기도 하고 나보다 나이도 많은데 그게 생각이 안 되나.
- 보일 게 뻔한데 거기에 숨자고 하다니.

그래서 나는 "의자 뒤에 숨자."고 했다.

- 의자 뒤에는 안 보일까 봐 유리문 뒤에 숨자고 했나?

"안 보이잖아?"

- 내가 보이면 저쪽에서는 더 잘 보이지!

- 숨어서 살금살금 보는 걸 모르는 거다.

둘이서 그 멍청을 떠는 바람에 미스코리아 고모가 우리를 먼저 봐버렸다!

그 미스코리아 고모는 깜짝 놀라는 표정도 예쁘다.

- 응? 그런데….

고모 앞에 앉아 있는 실눈이 되어 웃고 있는 그 상대방은 몸도 실눈처럼 가늘고, 키도 작다!

- 아! 앉아 있어도 보인다!

부잣집 아들이라는 것 빼고는 작은할머니 집에서 제일 예쁜 미스코리아 고모는 키도 훨씬 크고 몸매도 팔등신인데….

- 이게 지금 맞는 건가?

내가 생각해도 그 고모가 거기 왜 앉아 있는지 모르겠다.

그 실눈 아저씨는 빵을 탁자 가득 시켜놨는데 나는 먹고 싶지가 않았다.

셋째 고모는 곰보빵을 들고 먹었는지….

- 그래서 반대 했구나.

빵집은 이 층인데 내려오면 작은 구멍가게가 있다. 거기엔 만국기가 달린 막대사탕도 있고 밀크 캐러멜, 굵은 설탕이 잔뜩 묻어 있는 눈깔사탕도 있다.

장난감이 가득하고 사람도 안 보일 정도로 물건을 매달아 놓고 마분지처럼 두꺼운 종이판에 '또뽑기' 풍선이 색색 깔로 끼워져 있고 그걸 사서 불기도 한다.

붉은색, 노란색, 초록색으로 물들인 깃털 꽂은 대나무 달린 풍선은 입에 대고 불면

"빠아- 빠아-."

하고 소리가 난다. 대나무 빨대 끝에 달린 뿔에서 나는 소리다.

설날이나 그 전날에 동네아이들은 세배 끝나면 모두 그 집에 가서 그 빠아빠아 풍선을 사서 불어 댔다.

머리에 금박댕기나 큰 금박 리본을 달고 한복들을 색색으로 입고, 세뱃돈으로 꼭 그걸 사서 동네가 떠나가게 불었다.

그러면 또 그게 그렇게 예뻤다. 옷들도 화려하고 얼굴들도 화사하고 나는 색동저고리는 안 입었지만 "빠아빠아"소리는 즐거웠다.

우리들은 서로서로 얼굴을 쳐다보며 불어댔다. 볼 가득 바람을 넣어 얼굴이 빨개질 때까지 불었다.

명절은 그렇게 지냈다!

그 길엔 소독차도 다닌다. 뿌연 소독약을 뿜으며 달아나는 차!

꽁무니에 아이들은 또 숨이 찰 때까지 쫓아가다가 풍선처럼 바람이 쭉 빠져서 돌아온다.

나도 달릴 만큼 달려 봤다. 그냥 그렇게 해 봤는데 숨이 차도 재밌다!

언젠가는 그 길로 미국 지프차가 달리면서 식빵과 초콜릿을 던져 주기도 했는데 어떤 아이는 받고 어떤 아이는 안 받았다.

못 받은 게 아니라 안 받는 거였다!

그런 게 좋지 않은 아이는….

나도 안 받는 아이였는데 식빵을 먹어 보기는 했다. 고소하고 맛있었다!

어떻게 그런 맛이 날까? 맛있었다!

그게 미국 맛인가 보다!

고모가 의사집으로 시집 갔다

우리 고모는 진 내과 집으로 시집을 갔다. 세라복을 날이 서게 잘 다려 입는 고모는 공부도 잘했고 연애도 잘했다. 머리가 좋아서 공부는 매 번 일등이고 좀처럼 집에 있지 않고 바쁘게 다녔다. 깃발달린 신문사 차가 우리 집 앞에 와서 고모를 태워 다녔다.

장독대 옆에 심은, 키가 크고 새빨간 칸나 꽃은 그 빛나고 보드라운 얼굴을 담장 위에 얹어 놓고 있던 월명동 집에 살 때, 신문사 차가 집 앞에 오면 나는 괜히 우쭐대는 기분이 들었다. 친구들이 다 볼 때까지 차가 조금 더 집 앞에 있었으면 좋겠다.

고모가 타면 차는 먼지를 내면서 간다. 그래도 뒷모습이 안 보일 때까지 그 신문사 차에 우리 고모가 타고 있다고 끝까지 인정하고 서 있다.

잘 떠들고 잘 웃고 하던 고모는 차 탈 때는 얌전한 숙녀다.

고모는 또 잘생긴 청년을 S동생이라고 집에 데리고 오기도 했다.

- 고모가 막내면서 동생은 무슨.

고모는 누나 소리가 듣고 싶었나 보다.

그 잘생긴 청년은 가끔 집에서 밥을 먹고 웃다가 돌아갔다. 그런데 고모가 결혼한 후에는 한 번도 오지 않았다. 큰 고모도 그 청년은 귀여워서 이것저것 먹으라고 밥도 차려주고 했는데….

고모네 시댁은 임피에 있었고 고모는 나를 그 곳에 데려갔다. 제일 큰방에 진 내과 의사 할아버지가 계셨는데 나는 얼굴은 보지 못했다. 그 분이 고모 시아버지다.

그 집 식구들은 그 방에만 가면 조용하다. 그 할아버지는 임금님 같다. 고모는 그래도 마당에서는 큰 소리로 웃고 장난도 잘하는 사람이다.

밤에 달이 하늘에 떠 있는 것을 손짓으로 가리키며

"영길아! 저 달 좀 봐!"

"너희 동네 달보다 더 크지?"

다른 아주머니들은 내가 어떻게 하나 보려고 웃으면서 내 입만 쳐다본다.

"봐봐! 너희 동네 달보다 훨씬 크지?"

"그렇지?"

나는 달을 보다가 고모도 보고 아주머니들이 나를 쳐다보는 것도 알겠는데

"응, 더 커!"

그래 버렸다.

확실히 더 하얗고 더 컸다.

내 말이 떨어지기가 무섭게 다들 배꼽을 잡고 웃는 바람에, 나는

- 왜 저러지?

- 우리 동네에서 보던 달보다 더 커서 크다고 했는데….

우리 동네에서는 이렇게 가까이 달만 본 적도 없는 것도 같고.

- 시골 사람들이라 주책이 없어서 걸핏하면 아무것도 아닌 것 가지고 웃어!

하면서도 뭔가 이상했다.

- 달이 두 개가 아닌가?

어떤 분이 지나가다가

"보름달이라…."

했다.

"예?"

- 그럼 그 달이 이달?

- 아, 이것도 뭔가 이상하구나.

하고 있는데, 고모는 계속

"아냐!"

"고모네 집에 있는 달은 너희 집 달하고는 틀려!"

"고모 말이 틀리나 리나이트 영감한테 물어볼래?"

"오늘 오셨을 텐데…"

"아까 리나이트 영감 왔다죠?"

아주머니들께 고모가 묻는다.

"글쎄요 대나무 밭으로 가는 걸 봤다는데, 내일 12시나 돼야 나올 텐데요!"

"고모, 리나이트 영감은 뭐야?"

"응, 대나무 밭에서 밤샘기도를 하고 대나무 꽃을 먹고 사는데, 밖으로 나오면 영험한 얘기를 해주시는 분이야."

"그런 사람도 있어?"

"그럼 고모네 동네는 신기한 게 다 있지!"

"어떻게 대나무 꽃을 먹고 살아?"

이래저래 기분이 묘해진 나는 방으로 들어갔다. 고모처럼 깨끗한 이 집은 이불까지 깨끗하고 보송보송했다. 깔끔한 이불 속으로 들어가니 바로 잠이 들었다.

우리 할머니 회갑상보다 더 가짓수가 많은 아침밥을 먹고 정갈하게 비질된 마당에 나오니 마당 가득 눈부시게 하얀 이불호청 빨래를 널어 놓았다.

방금 삶아 널은 듯한 이불호청은 하얗다 못해 푸르렀다. 물기가 아직 있는 하얀 이불호청은 너무 깨끗하고 보기에 시원했다.

하얀 이불호청 밑으로 보이는 보라색, 빨강색, 초록색, 파랗고 노란 채송화는 꼭 이불호청에 놓인 수처럼 너무 예쁘고 깨끗했다.

마당 가득 쏟아지는 신선한 아침 햇빛은 아낌없이 빛나는 빛을 주고 바람에 살짝살짝 흔들리는 하얀 이불호청 자락과 파란하늘과 색색깔 채송화는 마음까지 깨끗해지는 것같이 시원하게 했다.

애늙은이처럼 뒷짐을 지고 이불호청 사이를 왔다갔다 꽃밭을 구경하는데 배가 살살 아파져서 변소에 들어갔다. 변소는 왜 이렇게 높은지 들어갈 때도 큰 발을 떼고 들어갔는데 팔각정 마룻바닥처럼 높은 데서 나오다가 똥통에 빠질 뻔했다!

두 다리가 다 빠졌는지 발 하나만 빠졌는지 정신이 하나 없이 머리카락이 하늘로 올라가는 것처럼 놀라서 급히 닦고 나왔는데 고모가 소리쳤다!

"이게 무슨 냄새야!"

"너 똥통에 빠졌니?"

"어머머머, 이거 진짜 똥통에 빠지면 떡해 먹어야 한다는데?"

"진짜 리나이트 영감 불러야겠네"

"빠질 뻔했지 빠진 건 아니야!"

- 다 닦았는데 웬 소란이야 창피하게.

창피해서 죽을 것 같았다. 고모는 나를 수돗가에서 다 씻기고 또 씻기고….

방에 넣었다. 깨끗하고 따뜻한 이불 속에 누웠는데 또 고모가 소리쳤다!

"이 반지 이거!"

"영길아, 이리 나와 봐."

"이거 니 꺼지?"

내가 똥통에 빠질 뻔할 때 떨어트린 분홍 뿔 반지를 가는 긴 막대기에 끼워가지고 고모가 마당에 서 있다.

- 웃고 서 있는 고모 얼굴이 밉다.
- 아니 저 고모는 잘 나가던 사람이 시골에서 지내더니 답답해서 저러나 왜 이렇게 짓궂을까!
- 친정식군데 쉬쉬하고 감춰줘야 하는 거 아냐?
- 저 고모가 왜 이렇게 주책이 됐지? 아유 정말 내가 창피하면 고모도 창피한 거지.

그때서야 손에서 반지가 빠진 걸 알았다.

집에 돌아와서도 너무 창피하고 민망해서 아무한테도 그 얘길 하지 않았다. 엄마한테도… 나중에 분명 고모가 다 얘기 하겠지만.

- 다시는 진 내과 집에는 안 갈 거니까.

고모는 그 이후에도 미용기술을 배운다고 미용실에 나를 데리고 가서는 내 머리에 불 파마를 하고 있다.

진짜 숯을 빨갛게 달구어 가지고는 그걸 무슨 동그란 틀에 담아서 바로 내 머리에 얹었다. 불 아궁이에 머리를 넣고 있는 것 같아 뜨거워서 참을 수가 없는데 고모는 자꾸

"다 됐어, 다 됐어."

하면서 불 파마를 끝까지 다 만다.

눈이 찢어지는 것 같고 눈물이 머리 위로 올라가는 것 같다.

고모가 너무 싫다!

고모는 무슨 고집이 그렇게 질기고 사람을 어떻게 그렇게 불덩이를 이고 있게 할 수 있는지 그 다음 말은 들리지도 않는다.

끔찍한 날이다!

미용실을 뛰쳐나오면서 친구 집 종이 냉면 다발이 바람에 흔들리는걸 보니 그렇게 시원할 수가 없다. 고모보다 친구가 더 보고 싶다!

집에 돌아오자마자 엄마한테 다 얘기 했더니

"고모! 왜 그랬어!"

하고 엄마가 나무라는데도 고모는

"금방이야, 언니 금방."

"쟤가 머리숱이 많아서 그렇지 금방 말았는데 뭐!"

하고 있다.

외갓집

엄마는 동생을 업고 나는 엄마 손을 잡고 김제 시장 통에 서 있다. 아버지는 우리가 점심 먹을 식당을 찾고 있다.

이제 막 차에서 내린 탓도 있지만 코앞에서 날리는 붉은색 뿌연 흙먼지는 얼굴을 자꾸 찌푸리게 한다. 점심이고 뭐고 이 붉은 먼지만 안 보면 살겠다.

달구지가 지나갈 때도 그랬고. 시발택시가 지나갈 때도 몇 번을 고개를 돌리며 피해도 흙먼지는 사정없이 일으켜서 얼굴로 날아왔다.

붉은 흙먼지를 얼굴에 뒤집어쓰고 있는 동안 식당을 찾았는지 아버지는 길 건너에서 이쪽을 향해 손짓하고 있다.

동생을 업은 엄마와 함께 아버지 따라 식당 안으로 들어가서 자리에 앉았다. 일단 먼지가 없고 또 식당 안은 그래도 시원했다.

아버지는 주인에게 짜장면이 되느냐고 물었고 주인은 우동만 된다고 한다.

주인이 바뀐 건지 주방장이 바뀐 건지 아버지가 가족에게 먹이고 싶어했던 그 짜장면이 아닌 우동을 우리는 성의 없이 대충 먹었다.

찾던 음식, 먹고 싶던 음식이 없으면 다른 음식이 아무리 맛있어도 그다지 맛있게 먹어지지 않는 것 같다.

아버지는

"아~ 이집 짜장면이 맛있었는데~."

하자, 주인은

"예"

하고 짧게 대답했다.

아버지는 주인에게 제일 좋은 고기를 파는 육곳간(정육점)을 물어보셨고, 대충 가격도 물어보고는 우리를 식당에 두고 나가셨다.

갈비 한 짝을 사고 택시까지 불러 왔다. 아버지는 신이나 하셨고 씩씩하고 동작도 빠르셨다. 친절하게 주인과 인사를 하고는 갈비를 싣고 차에 탔다.

길이 울퉁불퉁해서 택시가 많이 흔들렸지만 얼굴에 먼지를 맞지 않고 차창 문으로 붉은 먼지를 보고 있으니 그나마 '다행이다' 생각하며 앉아 있다.

"에~ 또."

"저수지까지만 좀 갑시다!"

아버지 주문대로 시골 택시는 신나게 달렸다. 먼지를 최고로 날리며….

나는 그 대책 없는 붉은 먼지를 계속 보고 있다. 김제는 땅 색깔이 빨갛다!

"이만큼인 것 같은데 한참 가네?"

하고 엄마는 아버지께 묻는다.

"응, 이제 다 왔어!"

아버지는 어린애 달래듯 엄마보고 말한다.

- 어떻게 외갓집을 엄마보다 아버지가 더 잘 알까?

궁금했지만 차가 너무 흔들리니까 그냥 물어보지 않았다.

정말 한참을 더 가서야 저수지는 언덕 위에 있었다. 그 동안 두 번은 더 "다왔어"하는 아버지 소리를 들은 것 같다.

"아 저기들 나와 계시네. 맞지?"

"저기 장모님 같고 처제들 맞지?"

"네~ 맞아요. 전주 동생도 왔네? "

엄마는 항상 차분하다 들뜨는 것도 못 봤지만 짜증내는 일도 없다.

친척들을 확인하고 일단 차는 멈추었다. 차에서 내리니 우선 시원하다.

또!

언덕 위에서 아랫동네를 내려다보니 그림처럼 아름다운 시골 풍경이 생각보다 아름답게 깔려 있다.

언덕 위에 차가 보일 때부터 알아봤는지 모두들 이쪽으로 움직여 오고 있다. 우리는 천천히 언덕을 내려간다.

- 아~ 포근해.

고생해서라도 오길 잘했다. 마을은 넓고 아름답다.

- 이런 데도 있었네.

평화로운 마을 풍경이 그림 같다.

"아! 맞네!"

"저긴 누구지?"

아버지는 계속 엄마와 무슨 말을 주고받으며 걸었는데 나는 풍경만 보고 걸었다!

아지랑이가 아른거리는 따사로운 햇빛 아래 마을이 있다. 시골이라고 해서 좁은 곳인 줄 알았는데 길도 넓고 길다.

일단 넓은 평야가 끝도 없이 펼쳐져 있다!

- 와~ 좋다!

- 이런 데가 있네!

외갓집은 안 보여도 좋다!

또한 쭉쭉 뻗은 기다란 길이다!

마음이 평안해진다!

먼지 때문에 났던 짜증이 다 사라졌다!

- 여기 그냥 서 있고 싶다!

드디어 우리는 만났다. 머리에 수건을 쓰신 외할머니는 합죽한 입으로

"하이고~."

"하이고~."

하시더니 나를 만지며

"이렇게 컸네!"

"하이고~ 내 강아지!"

"잘 걸었어?"

하고는 또

"하이고"

하시니 엄마가

"한 번 안아줬지 아빠가."

하면 외할머니는 합죽한 입으로 웃고 웃고, 고개를 끄덕이신다.

"매형 오셨어요?"

"이리 주세요!"

외삼촌 둘이 짐을 다 나눠 들고 앞으로 걸어갔다. 갈비라 어깨에 메기도 하고 또 과일도 있었나? 또 누가 들고 걸어가는 도중에 동네 사람들도 만나면 인사도 하고, 떠들썩하게 외갓집으로 들어갔다.

외할아버지는 그 잘생긴 얼굴로 환하게 웃으시며 안방에 앉아서 쪽문으로 내다보고 계셨다.

"조왕녀 딸 왔냐?"

하시면서 웃으시면 눈이 안 보인다. 외갓집에 있는 동안 외할아버지 눈 뜨신 걸 본 적 없다. 계속 웃으시는 바람에!⋯.

부엌에서 분주하고 집안 가득 갈비 냄새가 가득하고, 지글지글 구워지는 갈비에 약주를 드시고 빨간 얼굴에 하얀 눈썹과 하얀 수

엄은 산타클로스 할아버지를 닮아 있다.

그날은 피곤해서 바로 잠이 들었는데 다음 날이 되어도, 그 다음날이 되어도, 집에 갈 생각들을 안 한다.

안방에서는 외할아버지, 아버지, 삼촌들이 술 드시고, 작은방에서는 이모들하고 엄마가 무슨 말들을 그렇게 하는지 며칠째 똑같이 앉아서 그렇게 얘기만 한다.

아니 무슨 얘기들을 그렇게 하는지 지루해서 몸살이 날 것 같다.

나는 짜증이 나기 시작했다. 그런데 아무도 들어주지 않는다. 들어주지 않는 게 아니라 들어 줄 수가 없나 보다. 골이 잔뜩 나 있는 내 얼굴을 보더니,

"언니, 쟤 왜 저래?"

전주 이모가 묻는다.

엄마가 대답할 틈도 없이 막내 이모가 받는다.

"지네 집 가자고 저러는 거지!"

"니네 엄마 보려고 전주서 여기까지 왔는데 좀 더 보고 가야지 벌써가?"

나는 속으로

- 벌써는 무슨 벌써~.

- 며칠 짼데.

하며 말을 안 하고 문 앞에 서서 조른다.

그러다가 외할머니가 일하시다 말고 오셔서 문을 벌컥 열고는

"뭣들 하고 있어!"

"어서 나와서 뭐도 하고, 뭐도 해야지!"

하고 괜한 시집 안 간 막내이모만 혼내신다.

그러면 외할머니 때문에 문 닫고 얘기하려고 하면 나는 문을 열어 놓고, 문 열어 놓으라고 하면 닫고, 계속 문고리를 잡고 떼를 쓴다.

이모들은 반대로 "문 열라."고 주문한다. 그러면 나는 또 닫고 열고 닫고 열고….

하다가 내가 헷갈려 하면 또 배를 잡고 웃다가

또 누구 네는 어떻고~ 그랬데~ 어쩌구~….

진짜 얘기도 얘기도 끈질기게 한다.

- 입도 안 아프나?

"그래서 가게 문을 닫았구나!"

"그 깜둥이 때문에~."

잠깐 잠깐 들린 얘기는 우리 집 가게에서 엄마가 원래는 사기그릇을 파는 가게였는데 어느 날 미군 흑인이 그릇을 사러 가게로 들어오는 걸 보고 엄마가 놀라서 안으로 뛰어들어 간 다음부터 그 그릇가게는 문을 닫았다는 거였다.

"가게 자리도 좋잖아!"

"그러니까."

"암만 좋아도 나는 죽어도 못해! 무서워서!"

이모들은 눈을 반짝반짝거리며 듣고 있다.

나는 문을 주문대로 하지 않고, 주문과 상관없이 계속 문을 열었다, 닫았다를 반복하며 얘기를 못하게 했다.

"쟤 좀 봐! 언니!"

또 웃고 또 얘기하고, 내가 화가 나서 "우우우." 하고 소리를 지르자 말소리가 안 들리나 보다. 더 크게 "우우우."한다.

삼촌들이 와서

"왜 그래?"

하며 나를 안고 안방으로 갔다.

거긴 또,

재잘재잘 수다 떠는 게 아니고 한마디하고 술 마시고 침묵하고,

또 한마디하고 술 마시고 가만히 있고….

더 지루하다!

너무 재미가 없고 심심해서 살금살금 또 엄마 있는 방으로 가서는

"빨리 가!"

"빨리 집에 가!"

하고 조른다.

그러면 이모가

"아니 왜 가자는 거야!"

"여기 엄마도 있고, 아빠도 있고, 삼촌들 이모들 다 있는데 싫어?"

"누구 보려고 가자는 거야!"

이모들은 계속 얘기하고 싶어서 나를 놀린다.

"아이구~ 니네 할머니 보려구?"

"거긴 니네 할머니 한 사람 뿐이고, 여기는 이렇게 식구도 많고, 재밌잖아~."

"여기서 살자."

"응? 여기서 아주 살아!"

그 말에 나는 울음이 터졌다!

- 정말 여기서 살면 어쩌지?

하는 생각에 눈물이 쏟아졌다.

근데 내가 울음이 그치지 않자 사람들이 모두 안방으로 갔다. 혼자서 듣는 사람도 없이 우는 게 힘이 들었다.

"응~ 응~."

하고 쉬어 있으면

"더 크게 울어, 더 크게~."

하며 문을 살짝 열고 약을 올린다. 그러다가 정말 더 크게 울어서 우리는 내일 떠나기로 했다. 그 밤에 내일 떠난다고 옆집에서 또 엄마를 데리러 왔다.

시골은 다 좋은데 밤에 전깃불이 깜깜하다. 옆집 가니 또 얘기하고 앉아 있다. 신발 신으면 일하고 신발 벗으면 얘기하고 얘기, 얘기… 아주 얘기만 했다. 무슨 얘긴지 나는 알 수도 없고 들리지도 않는 얘기를 조용조용 그렇게 많이 오래도록 앉아서 했다.

"참."

"그러니까."

웃다가, 고개를 끄덕이다가….

나는 예쁘게 얌전하게 앉아 있다가 또 지루해지기 시작했다.

내일 집에 갈 거고, 또 남의 집이라 내 딴에는 체면 차린다고 엄마들 얘기하는 데 방해하지 않겠다고 몰래 살짝 문을 열고 깜깜한 칠흑 같은 밖으로 나왔다.

어두워서 내 신발을 찾을 수도 없는데 이미 방문을 닫았기 때문에 다시 열기도 뭣해서 맨발로 걸어 사립문을 나서려는데, 금방 귀신이라도 나올 것 같다.

어차피 깜깜한 밤이라 아무것도 보이지 않길래 눈을 꼭 감고 걸었다. 대충 걸어가려는데 다리가 떨리고 도저히 귀신이 한 입에 잡아먹을 것 같아서 다시 그 집으로 돌아왔다.

방문 불빛이라도 보니까 살 것 같다.

방문 앞에서 들으니까

"이렇게 어두운데 어떻게 나갔지?"

"안 넘어졌을라나?"

"나가 볼까?"

그래서 문을 열고 들어가려는데 누군가가

"못 가고 다시 올 거니까 걱정하지 마!"

나는 얼른 뒤돌아오던 길로 갔다!

이제 귀신은 안 무서운데 도대체 아까 저녁녘에 오던 길이 아니다. 딴 길인 것 같다.

그리고 발밑에 유리조각이 차갑게 밟힌다. 그래도 걸었다! 유리조각이 아프지 않을 걸 보니 달빛에 반짝이는 건 유리조각이 아닌 졸졸 흐르는 도랑물인가 보다.

길은 그거 하나뿐이고 저쪽 감나무 밭은 정말 귀신이 살 거라는 얘기를 들어서 감나무밭같은 그 컴컴한 쪽은 쳐다보지도 않고 걸었다. 그랬더니 외갓집 맨들맨들한 마당이 나온다. 그때부터 얼른 꽁지가 빠져라 뛰어서 안방 문을 벌컥 열고 뛰어들어 갔다.

뱃속에 있던 창자가 목으로 올라오는 것 같았다.

등잔불 밑에서 바느질을 하시던 외할머니가 깜짝 놀라 나를 안으셨다.

"엄마는 어디 가고 너 혼자 오나?"

"어이구~ 세상에 내 강아지를!"

입을 꼭 다물고 있는 나를 따뜻한 아랫목에 넣어 주셨다.

누워서 눈을 말똥말똥 굴리며. 엄마는 이제 그 깜깜한 무서운 길을 어떻게 오든지 말든지… 생각하지 않기로 했다.

"이모들이랑 여럿이 오니까 괜찮겠지 뭐. 흥!"

- 아~ 4살짜리 인생도 참 살기 힘들다!

한참을 자다가 오줌이 마려워 잠이 깼는데 윗목에 요강이 있다.

밤길에 오다가 도랑물에 발을 적셔서 추웠는데 뜨거운 방에서 푹 자고 나니 좀 덥다. 방이 너무 덥다. 외할아버지처럼 앉아서 쪽문을 밀어 보았다. 열렸다.

시원한 공기와 함께 먼동이 트면서 뿌연 안개 사이로 새벽의 농촌이 은은하게 열렸다.

저쪽 편으로!

열린다!

그 무섭도록 깜깜한 밤 속에 저렇게 아름다운 모습이 감추어져 있다니!

고개를 좀 더 빼보니 저쪽 얕은 숲 위로 주홍색과 파랑색이 "짝" 소리를 내며 터져 나온다. 무대조명!

무대장치를 일부러 해놓은 것 같은

- 주홍색과 남파랑색.

- 저게 뭘까?

나는 연극무대 장치를 본 적도 없는데 본 적이 있는 것 같은 일이 벌어지고 있다!

명치 쪽이 뻐근하면서 "흑." 하고 눈물이 날 것 같다.

모두 다 잠든 아무도 일어나지 않은 새벽에 나 혼자 세상의 비밀을 보고 있는 것 같은 마음에 얼른 쪽문을 닫았다. 더 오래 보면 안 될 것 같고 내가 책임질 수도 없고, 내가 책임지기도 싫은, 감당할 수 없는 일이 세상에는 있구나, 하는 생각에 아주 잠깐 지루하기도 했다. 그리고는 이불 속으로 들어가서 더 잤다.

아침에 찬물로 세수를 하고 아침밥을 먹고 집에 갈 채비를 한다.

식구들 모두 느긋한데 외할머니만 혼자서 바쁘시다. 항상 머리엔 수건을 쓰시고 손에는 호미가 들려 있다.

잃
어
버
린

시
절

②

목화밭

　엄마는 동생을 살펴 업고는 내 손을 잡고 외할머니가 일하시는 곳으로 나간다.
　외할머니는 목화밭에 계셨다.
　나는 앞서 콩당콩당 뛰어가고, 엄마는 목화밭에서 일하시는 분 중에 외할머니를 찾는다. 나는 발걸음을 멈춘다!
　목화 꽃 때문에 놀란다! 목화 솜꽃! 꽃 속에 하얀 솜이 들어있다.
　할머니를 찾는 것보다 목화 솜꽃이 아름다워 황홀하다 못해 가슴이! 그 목화 솜꽃처럼 내 가슴도 터질 것 같다!
　너무너무 아름다운 하얀 목화 솜꽃이 수도 없이 널려 있다!
　내 눈앞이 모두 목화 솜꽃이다!
　너무나 신기하다!
　그것도 한두 송이가 아닌 한도 끝도 없이 언덕진 그 곳이 온통 목화밭! 이쪽도 저쪽도 위도 아래도 모두 목화 솜꽃이다!

"아~!"

"목화 솜꽃!"

누가 가르쳐 준 적도 없는 이 목화 솜꽃 모습에 이렇게 몸이 나른해진다.

엄마는 외할머니께

"이걸 언제 다 따!"

하며 걱정거리로 여기나 보다!

나는 새벽에 본 숲속 광경과 또 이렇게 눈앞에 온통 목화 솜꽃 때문에 가슴이 풍선처럼 부풀어 올라 숨이 차서 누구에게 인사를 잘했는지 어쨌는지 더는 아무 생각도 행동도 할 수 없이 집까지 왔다.

입학식

운동장에는 사람들이 정말 많이 모였다. 길거리에는 이렇게 많은 사람들이 다니지 않았는데 어디서 이 많은 사람들이 숨어 있다 나왔는지….

학교 운동장 가득 사람이 넘쳐나 있었다. 나와 엄마는 우리 반을 찾아서 팻말 앞에 섰다. 먼저 온 아이들이 많아서 나는 앞에 서지 못하고 중간쯤에 서 있다.

입학식이 끝나고 각자 교실로 향해 걸어가고 있는데 고학년부터 차례차례 들어가고 신입생은 반은 교실로 들어가고 반은 교실이 없어서 운동장 수업을 한다고 한다.

 - 운동장 수업이라니?

 - 그러면 내 책상, 내 걸상, 우리 반, 우리 교실, 그런 것도 없이 운동장에서 공부를 한다고?

 - 운동장에서 무슨 공부를 해?

짜증이 났다.

사람들이 (반들이) 움직일 때마다 일어나는 운동장 먼지처럼 기분이 뿌옇다.

하여튼 담임선생님의 호루라기 소리에 따라 각각 운동장에 군데군데 모여 있다.

다행이 우리 반 담임 선생님은 여자 선생님이고 영리하셔서 학교 교실 건물 바로 옆에 먼지 안 나고 햇빛 잘 드는 곳에 자리를 잡았다.

"자, 그러면 우리 반은 여기 다 모였지요?"

"지금부터는 출석을 부르겠으니 모두 다 자리에 앉으세요!"

그냥 땅바닥에 풀썩 주저앉으라는 게 아니고 쪼그리고 토끼뜀 뛸 때처럼 하고 있으라는 거다. 그런데 옆을 보니까 땅바닥에 그대로 주저앉은 아이는 한 명도 없었다.

 - 어떻게 알았을까?

코 흘리는 아이도 땅바닥에 그냥 앉지는 않았다 코는 흘릴지라도 앉는 건 쪼그리고 있다. 앉으라고 했을 뿐인데 땅바닥에 앉지 않고 다 쭈그리고 있다. 그것도 신기하다.

"자, 큰소리로 대답하세요!"

"정순임~~ 네."

"안응선~~ 네~."

"전용희~~ 네~."

"김영길~ 김영길~ 김영길 없어요?"

얼굴을 들고 대답할 수가 없다. 고개를 숙이고 작은 돌멩이를 집어서 운동장 바닥에 뭘 그리고 있다.

- 부끄럽고 창피하게 어떻게 이렇게 많은 사람들이 빙 둘러서서 쳐다보고 있는데 어떻게 "네~" 하고 소리를 "빽" 지른단 말인가?

- 나는 절대 입을 안 열 것이야!

속으로 다짐하고 있다.

엄마를 슬쩍 쳐다보니 엄마는 순간 당황해서

"얼른 대답해야지~ 빨리!"

하고 옆에서 작은 소리로 말한다. 엄마가 당황하는 모습은 처음 보는 것 같다.

항상 여유롭고 천사 같은 엄마는 오늘 완전히 무너졌다.

그런데 목을 비틀어도 목소리가 밖으로 나올 것 같지 않다.

목이 따갑고 아프다.

귀를 막고도 싶었다.

다른 아이들처럼 네~ 네~ 하고 뺀질이들처럼 하고 싶지도 않다. 목소리가 그게 뭐란 말인가.

나는 학교에 오면 합창단처럼 모두 한 음색으로 고르게 아름다운 목소리가 나오는 줄 알았다. 목소리는 가지각색이었고 들리지도 않게 가늘게 "예~" 하는 건 뭐고, 똥 누는 것처럼 "예~!!"하는 건 또 뭐야!

그러나 저러나 나는 도저히 저런 아이들하고 똑같이 소리를 지를 수는 없다.

너무 창피한 것 같아서….

한 달 내내 나는 운동장 바닥에 뭐라고 쓰고 있었고, 나대신 엄마가 "네!"하고 대답했다.

한 달이 지나고 우리 반도 드디어 교실로 들어가게 되었다.

울퉁불퉁한 책상이었지만 그건 그대로 인정하기로 마음먹었다.

그래도 우리 교실을 찾는 즐거움도 있고, 내 책상에 처음 앉아 보니 비로소 안정감도 있다. 손으로 책상을 자꾸 쓰다듬어 본다. 고개를 숙여 서랍속도 들여다보고….

학교 다니면서 공부가 어렵다든지 하는 건 없었고. 이상하게 친구는 많이 사귀었다. 수업이 끝나면 혼자서 교문을 나서는 일은 없었다. 친구들과 잘 어울려서 친구들 집에도 잘 놀러 다녔다.

내가 처음 간 학교 친구 집은 냉면집이다. 간판 옆에 국수가락 모양의 커다란 종이뭉치 같은 게 달려 있다. 바람 부는 데로 흔들리는데 중간 항아리 정도의 크기지만 속이 꽉 차 있어서 참 푸짐해 보인다.

그게 아마 냉면집 표시인가 보다.

학교 파하고 올 때마다 그 종이 국수다발은 멀리서도 항상 잘 보인다.

안으로 들어가니 문 앞에 계산대가 있고 왼쪽으로 보이는 게 주방인가 보다. 테이블이 열두 개 정도 있나? 하는데 테이블 마다 놓인 양념 통들과 식초 냄새가 강했다. 친구는 식당 테이블에는 한 번도 앉지 않고 뛰어서 안으로 들어가자고 한다.

뒷방으로 들어가서 숙제를 다 하고 우리는 방문 앞에 있는 툇마루에서 꽃밭을 보고 앉아 있다. 식초냄새가 그렇게 강해도 백일홍은 예쁘게 피어 있다.

친구는 엄마에게 애기처럼 어리광을 부렸다. 내가 보고 있는데도 친구는 엄마에게 안기며 "응! 응!"거렸다.

친구 엄마는 친구를 안아 등을 두드려주며

"학교 잘 갔다 왔어?"

"어이구"

"숙제도 다하고? 잘했네"

"착하기도 하지!"

내가 옆에 있어도 친구는 학교에서와는 달리 엄마에게 애기 시늉을 한다.

나는 웃었다.

- 쟤는 창피하지도 않나?

- 애기 같이 뭐야!

나는 웃음으로 그런 말을 하는데도 친구는

"뭐 어때, 우리 엄만데!"

하는 것 같다.

그 모습이 나는 너무 웃긴다.

- 누구는 엄마 없나?

- 그게 뭐야!

엄마 품에 안겨서 나를 빤히 쳐다보는 친구는 헝겊으로 만든.
가지고 노는 인형 같다.

기타프 크레파스

두 번째 간 학교 친구 집은 군산 경찰서 앞에 있는 2층집인가 3
층 건물인가, 병원 건물 앞에 나무간판으로 '박금순 산부인과'라고
검은 글씨로 써 있다.

친구 엄마는 산부인과 의사인가 보다.

미국사람처럼 생긴 한국사람이었고 좀 뚱뚱했다.

평안하게 웃는 얼굴인 그 엄마는 별 말은 많이 하지 않고, 웃기
만 하셨다.

근데 그 친구도 말은 없는 편이어서 둘 사이는 조용했다.

진찰실 밖에서 기다리는 환자들은 많았는데 친구 엄마는 조금
도 바쁜 것 같지 않은 표정이고 시간이 많은 것처럼 느긋했다.

우리는 조용히 엄마 방을 나와서 뜰 앞에 햇빛이 잘 드는 마루
에 엎드려서 숙제를 한다.

내가 먼저 숙제가 끝나서 수돗가 옆의 꽃밭을 보고 있다.

그 친구 집 꽃들은 초라해 보인다. 허연 연분홍 코스모스와 푸른색 꽃이 있는데 듬성듬성 키만 크고 누런 잎이 늘어져 볼품이 없다.

- 집에는 일하는 아주머니들이 많은데 왜 꽃들은 돌보지 않을까?

"우리 그림 그릴까?"

친구도 숙제를 마치고 물었다.

친구가 스케치북과 함께 가져온 일제 '기타표' 크레파스는 나를 깜짝 놀라게 했다.

뽀오얀 나무 상자에 색깔도 선명하게 모양도 통통한 크레파스가 가지런히 담겨 있다. 얇은 습자지로 덮인 크레파스는 '완전 새것'이었다.

정말 친구가 부러웠다.

얇고 미끌미끌한 도화지에 그림 그릴 때 자꾸 밀리던 내가 쓰는 크레용 하고는 너무 다르다. 연필처럼 생긴 크레용은 그림을 그리면 눌어붙어서 잘 그려지지도 않고 도화지가 찢어질까 봐 조심해야 하는데….

친구는 스케치북에 그 '기타표' 크레파스를 갖다 대기만 해도 녹아드는 듯 스며들고 색깔도 너무 예쁘다.

난 그 크레파스를 들여다보고 있느라 아무것도 그리지 못했다.

파랑색과 주황색을 칠해 놓으면 색감이 너무 아름답다.

둘러보니 그 집에는 기타표 크레파스 말고도 마루에 부엌이 있어서 모든 일을 마루에서 한다. 전기로 코일에 빨갛게 불이 들어

오는 냄비 올려 끓이는 기계도 있다. 신기한 게 많다.

"너희 아버지는 어디 다니셔?"

내가 물었다.

친구는 힘이 하나도 없이,

"군산 경찰서장."

하고 말했다.

군산경찰서에 계시는 아버지는 서장이라 바쁘시겠고, 엄마도 의사라 학교에서 돌아와도 같이 놀아 줄 수도 없고 형제도 없고, 일하는 사람들은 자기들끼리 바쁘고….

친구는 항상 재미없는 얼굴을 하고 다녔다.

우리는 밥상에 마주 앉았지만 서로 밥을 먹는 둥 마는 둥했다.

친구는 그 담장 옆의 꽃들처럼 힘도 없고 재미도 없는가 보다.

마당에 있는 수도꼭지 앞에 놓여 있는 물통엔 오이와 다른 채소 몇 개가 둥둥 떠 있거나 물속에 잠겨 있다.

햇빛이 잘 비치는 그 곳에서 나란히 앉아 우리는 다리 사이에 얼굴을 올려놓고 그 물통 속만 내려다보고 있다.

똑!똑!

떨어지는 물소리 때문에 심심하지는 않았는데 머릿속엔 온통 그 '기타표 크레파스' 생각으로 저 물통 속의 오이를 초록색으로 진하게 칠해 보면 어떨까, 생각하고 있다.

머릿속으로만 그림을 그리고 있다.

그 집의 2층인지, 3층인지 새로 지은 대리석 건물도 전기곤로도 입식 부엌도 아무것도 부럽지 않은데 그 '기타표 크레파스'는 부럽다. 나도 갖고 싶다.

그 친구 집에 자주 놀러갔었는데 친구는 항상 그렇게 혼자 앉아만 있어서 나까지 심심해져서 집에 가서 숙제한다고 하고 나왔다.

- 부잣집이 다 좋은 것만은 아니구나.

하고 생각하며 집으로 가는데

길에서 소꿉놀이 하는 아이들을 만났다.

대궐 같은 집에서 햇빛 앞에 혼자 앉아 있는 친구와 달리 그 아이들은 바깥 날씨가 아직 추워서 얼굴이 얼어 보이는데도 재미나게 놀고 있다.

"같이 소꿉장난 하자!"

"그럴까? 뭐해?"

"응, 지금 밥해!"

조개껍질에 밥이라고 모래를 담아 놓고 남자 아이가 엄마라고 한다.

"니가 엄마야?"

"응."

셋 중에서 남자아이가 제일 신바람이 났다.

뭐든지 시키는 대로 다하면서 지가 엄마란다.

"엄마가 밥해 줄게!"

하면서 흙과 조금 작은 돌멩이들을 반찬이라고 담아 놓았다.

조개껍질이 모자라 종이 조각 위에 담기도 한다. 나물이라고….

옆에 있는 아직 바람에 파르르 떨고 있는 여린 연두색 풀잎을 사정없이 뜯어다가 나물반찬을 여러 개 담아 놓는다.

집안에 있다 나와서 그런지 바람도 불고 나도 조금 추운 것 같은데 파르르 계속 떨고 있는 연두색 여린 풀잎을 무심히 뜯어서 나물반찬이라고 담아 놓는 남자아이가 바보 같아 보인다.

다른 여자아이들은 나뭇가지도 주워 와서 잘게 부러뜨려가지고 반찬이라고 여러 개 만든다. 조금 큰 돌들을 가져다 방도 만들고 너무 재미있어 하는 아이들 틈에서 나는 그냥 일어섰다.

그 연두색 풀잎이 너무 예쁜데 손을 모아서 바람도 막아주고 싶은데….

너무 가엽다는 생각이 들어서 소꿉놀이가 하기 싫다.

"추운데 그만하고 가자!"했더니 무슨 소리냐는 듯 올려다본다.

한참은 더 놀아야 될 것 같아서 혼자 집으로 간다.

"연두색 풀잎이 너무 불쌍해!"

까만 땅 밑에서 간신히 올라 왔는데 찬바람에 떨고, 사정없이 그 남자아이 손에 뜯기 우는 풀잎이 자꾸 떠오른다.

갑자기 찬바람이 "훅" 하고 분다.

- 춥다.

- 얼른 집에 가야지.

- 쟤네들도 곧 집으로 가겠지!

- 이렇게 추워지는데.

우유 배급

교실 칠판 위에 걸린 스피커에서 "당번들은 숙직실 앞으로 나와서 끓인 우유를 가져가라!"고 여러 번 방송을 한다. 처음에는 무슨 말인지 모르고 있다가 구수한 냄새가 나면서 복도로 아이들이 양동이에 뜨거운 김이 나는 우유를 들고 다닌다.

우리 반도 당번이 가야 한다고 한다.

나는 당번도 아닌데 숙직실 쪽으로 따라가 본다. 전교생이 먹을 우유를 끓이고 또 나르고 있다.

- 학교에서 이런 것도 하나!

조금 있으니까 줄을 서야 할 정도로 사람들이 많아졌다. 들고 가는 아이들은 뜨겁고 또 복도에 흘리지 않도록 조심해야 했다.

학교가 우유 끓이는 김으로 뿌옇게 되어 갔다. 별로 기쁘지도 않고 슬플 필요도 없다고 생각되었다. 그냥 그런 기분이었다.

그 우유가 미군 어느 부대에서 보내왔는지 그런 건 알고 싶지도 않고, 더는 궁금하지도 않다.

반 아이들의 표정은 항상 반 정도는 좋아라~ 하고 반 정도는 무표정으로 뜨거운 우유를 마시고 있다. 우유를 다 마시도록 스피커에서는 ㅇㅇ미군부대 ㅇㅇ께 감사하는 마음을 가져야 한다고 계속 떠들어 댄다.

아버지와 체육관

평소에 아버지가 씨름해서 황소를 탔다는 얘기를 들을 때, 정말 아버지가 씨름해서 황소를 탔을까 궁금했는데, 군산경찰서에 엄마 심부름 갔다가 옆자리의 아저씨가 아버지 체육관에 계시다기에 아버지 연습하는 걸 보게 됐다.

체육관 문으로 들어가지 않고 몰래 창문으로 아버지를 찾아보았다. 창문이 너무 높은데다 유도복이 다 똑같아서 금방 찾을 수는 없었다. 보려고 하면 얼굴을 바로바로 돌려 버리니까. 소리를 엄청 질러서 무섭기도 하지만 아저씨들 얼굴 하나하나 찾아보다가 어! 거기서 제일 용감해 보이는, 기합소리가 우렁찬, 내가보기에도 대장 같은 사람이 있다! 아버지다!!

"우리 아버지다?!"

깜짝 놀랐다. 딴 사람 같다!

유도복 입은 것도 처음 보고 우리 아버지가 저렇게 사자 같은지도 처음 봤다!

"우리 아버지 멋지다!!"

나는 빨리 나왔다. 나도 운동해야 할 것 같다. 개봉동 고모부네로 달렸다.

황소보다 아버지에 대한 기대 이상의 신뢰감에 기뻤다. 땀이 나도 웃음이 났다.

고모들이 항상 말하는 개봉동 말랭이(언덕) 이라는 곳까지 뛰다가 걷다가 해서 도착했다. 웬만한 산 높이쯤 되나 보다. 동네 끝까지 올라가서 아버지가 운동하고 있는 체육관 쪽으로 내려다보니 반짝이는 햇빛이 '쫙' 비추어 시내는 반짝반짝 빛나고 있다. 양쪽으로 집이 있어서 골목으로 통과하는 바람도 시원하고 상쾌하다. 햇빛을 통과하는 바람까지도 빛이 난다.

　- 아~ 시원하고 상쾌하다.

　빛나는 바람이 내 가슴을 통과한다.

　세상이 온통 반짝이며 빛나고, 그렇게 한참을 눈부시게 빛나는 시내 모습을 내려다보며, 빛나는 바람을 맞으며, 빛나는 바람을 가슴으로 통과시키며 이렇게 팔을 벌리고 서 있다!

　고모부네 집 문을 열고 들어섰다.

　"고모부!"

　"영길이 왔어요!!"

골목에서 생긴 일

　월명동으로 이사 왔을 때는 엄마와 아버지는 서울 가시고 집엔 할머니와 고모들이 우리를 돌보고 계셨다.

　학교에서 돌아오면 숙제는 금방 끝내니깐 밖으로 나와서 동네 남자아이들 노는 걸 항상 구경했다.

　여자아이들은 별로 바깥에 나와 놀지도 않고 남자 아이들이 많이 나와 논다.

　그들은 구슬치기, 홀짝, 말뚝 박기, 무궁화 꽃이 피었습니다, 숨

바꼭질 등등을 하고 논다. 남자아이들 노는 걸 구경하면 재밌다. 왜냐하면 그들이 노는 건 힘이 있다. "우우" 하고 몰려 갈 때의 함성! "킥킥"대고 웃는 것도 힘이 넘치고, 남자아이들이 단체로 노는 건 아무튼 공부하고는 또 다른 활력인 것 같다.

움직이는 모든 동작이 활력이 넘쳐 있다.

학교에서 시간표에 맞추어 하는 행동하고는 달랐다. 무한 에너지가 거기에 있다. 그래서 나는 남자아이들 노는 걸 잘 구경한다.

높은 데서 뛰어내리기도 한다. 전봇대를 받치기 위해서 땅에서부터 굵은 철사 줄을 여러 겹으로 꼬아서 심어 놓은 게 있는데, 거기도 올라가서 흔들흔들 하다가 멀리 뛰기도 한다.

거기서 제일 멀리 뛰면 아이들은

"우와!"

"우와! 장하다!"

"여기까지 뛰었어, 여기까지!!"

땅에 표시까지 해 주면서 대단하다고 놀라워하고 칭찬해 준다.

다들 멀리 뛴 형을 부러워한다.

아이들이 노는 축대 위엔 여러 가지 꽃들이 많이 피어 있는 꽃밭이다.

이름 모르는 꽃들이 많고 그 중에서도 노랑, 주황색 서광꽃이 많다. 꽃들은 너무 사랑스럽다.

백일홍, 사랑스러운 따알리아, 맨드라미, 나팔꽃, 함박꽃, 꽃대가 쭉 올라오면서 계속 피는 빨강꽃, 언덕 밑으로 죽 들러 있는 호박꽃도 예쁘다.

아래를 내려다보니 길이 텅 비어 있다.

아이들은 다 놀고 집에 가고 없다. 그런데 전봇대 옆에서 떠들썩하게 소리가 들리는 것 같다.

손뼉을 치며 놀리던 아이들, 아슬아슬해서 못 보겠다는 듯, 우스워 죽겠다는 표정들, 아이들 함성이 아직 그곳에 남아 있다.

나도!

전봇대 쪽으로 가서 굵은 철사묶음에 손을 가만히 대 보았다.

또다시 한 번 만져 본다.

차갑지만 튼튼해 보인다.

손안에 딱 붙는 게 잡아 보아도 될 것 같다.

철사묶음을 잡은 채, 점점 더 높은 쪽 으로 걸음을 옮기고 있다. 그러다가, 아까 땅에서 그 용감한 남자아이가 하던 것처럼 폴짝 뛰어서 간신히 철사 묶음을 두 손에 딱 잡았다.

- 별 거 아니네.

하는 생각이 나를 기분 좋게 했다.

매달렸다.

- 나도 할 수 있구나. 나도.

하고 매달린 채 신나게 몸을 흔들어 본다.

순간 "악!"

내 몸은 바로 쇳덩이처럼 떨어져서 전봇대에 머리를 부딪쳤다.

- 죽었구나.

눈을 꼭 감았다.

- 아차, 혹시라도 누가 보았을까?

부끄러운 마음에 얼른 눈을 떴다. 길은 텅 비어 있다.

정신은 아득한데, 넘어진 채로 철사 줄을 올려다보니 아까 그 남자아이는 땅에서 점프를 해서 줄을 잡은 거고, 나는 축대위에서 점프를 해서 줄을 잡았다. 내가 철사 줄을 잡은 지점은 그 남자아이보다 훨씬 높은 곳이었다!

다시 눈을 감아 버렸다.

어지럽다.

그런데 땅바닥이 차갑다고 생각되어 일어난다.

토할 것 같고, 어지럽지만 아무도 본 사람이 없으니 다행이다.

넓은 길엔 바람만이 분다.

집에 들어오니 할머니하고 고모들은 세상 모르고 얘기만 하고 있다.

"고샅에는 은근자들이 있다네."

"어디 숨었다가 나오는지 남자들이 지나가면 어디서 나오는지 나와서는 남자들을 홀린다는데~."

"걸리기만 하면 남자들은 돈을 모두 뺏긴단다."

"영동 유리집 창림이는 바람이 나서 그 부모들이 아주 머리를 깎아 들여앉혔는데도 머리에 스카프를 쓰고도 나간단다. 세상에~."

퇴비 모으러 산으로

국가정책인 퇴비 증산을 위하여 우리 학생들도 힘을 합쳐 도와야 한다는 선생님 말씀으로 전교생이 가까운 산으로 줄을 서서 걸어간다.

학교 들어가서 공부만 배우는 게 아니라, 이런 일까지 하러 줄서서 초등학교 학생들이 산으로 가고 있다니

- 자존심이 상한다.

길거리 다니는 사람 중에는

"소풍가는 거냐, 뭐냐?"

하며 힐끗힐끗 쳐다보고 지나간다.

- 학생들은 공부를 해야지. 아니면 나무를 심든지, 꽃을 심든지, 무슨 학교에서 학생들 보고 낙엽 주우라고 공부할 시간에 산으로 데려가나?!

- 다른 사람들도 학교 다니면서 이런 일까지 했었나?

- 학생 신분에 맞지 않다.

그런 생각으로 할 수 없이 줄 서서 따라가고 있다. 마지못해 가는 동안 어느새 듬성듬성 진달래가 피기 시작한 산 위로 올라가고 있다.

나무 아래 떨어진 낙엽, 소나무 잎이나, 다른 나뭇잎, 떨어진 걸 줍는 일이다. 다들 해본 것처럼 열심히 낙엽을 긁어모은다. 나도 따라 해보는데, 잘 안 된다.

열심히 하는데도 잘 모아지지가 않는다. 남자아이들은 어른처

럼 많이 긁어모아 무덤만큼 만들어 놓았다.

- 어떻게 저렇게 빨리 모았지?

아무리 해도 난 잘 되지가 않는다. 여자아이들도 많이 모은 아이는 남자아이처럼 모은 아이도 있다.

전교 생중에 내가 제일 못하는 것 같다. 모두 낙엽 긁기를 마치고 학교 운동장에 모은 퇴비를 쌓아 놓았다. 그걸 쌓아 놓느라고 운동장엔 먼지 반, 퇴비 반이다.

그걸 어디에 어떻게 쓰는지는 모르지만, 그날 일과는 그걸로 끝이다.

많이 모았다고 상 주는 일도 아니었다.

빨간색 필통과 초록 필통

집으로 돌아오는 길에 발밑에 닿는 작은 돌들을 "톡톡"차면서 집까지 왔다.

현관문을 열고 마루에 올라서니, 서울에서 소포가 왔다고 할머니와 고모들이 구두와 필통을 내보인다. 남동생 것은 초록색 뿔 필통이고 내 것은 빨강색 뿔 필통이다. 선물은 언제나 반갑고 기쁘다.

가방 보내왔을 때보다 필통이 더 예쁜 것 같다.

구도도 발에 꼭 맞고 필통은 귀여웠다.

연필을 예쁘게 깎아 새 필통에 담고 가방을 머리맡에 두고 잤다.

다음 날은 학예회가 있다고 우리는 모두 강당에 모였다 우리 반은 일찌감치 가서 기다리고 있어도 계속 뚝딱 거리는 무대장치는 끝나지 않는다. 준비가 길어지나 보다. 기다리는 동안 나는 필통 자랑을 하기 위해서 가방에서 필통을 꺼냈다.

"어머 예쁘다!"

"새로 샀어?"

"아니 서울서 아빠가 부쳐줬어!"

"좋겠다!"

친구들이 부러워했다.

아이들 필통은 거의가 양철필통이다. 가운데가 갈라져서 양쪽으로 열고 닫는 그런 필통들이다.

가방을 메고 뛰어가면 가방 속에서 양철필통 소리가 요란하게 달그락거리는….

나는 필통을 열어 뚜껑을 들고 강당으로 들어오는 햇빛을 비춰 본다.

빨간빛깔이 빛을 받으니 더 예쁘다. 눈에 대보기도 하고 자랑한다.

그래도 성이 안차서

"떨어져도 안 깨진다? 볼래?!"

아이들이 동그랗게 더 몰려 오길래 팔을 크게 들어 빨간 뿔 필통을 강당 바닥에!

- 너무 세게 던졌나?

"탁" 하고 던졌는데 "쫙" 하고 필통뚜껑이 두 동강이 나버렸다.

아이들은 너무나 아까워 자기들이 그런 것처럼 아무 말 없이 자리로 돌아간다.

순간 나는 내 머리가 깨진 것 같다.

- 아깝고!

- 창피하고!

- 이걸 어떻게 해야 하나?

- 써 보지도 않았는데, 괜히 학예회는 한다고 강당으로 모이래
가지고 이런 일이 일어났나?

곧이어 요란한 소리와 함께 무대 막이 오르고 학예회는 시작된
다. 무대는 숲속에서 토끼와 나비들이 화려한 의상을 입고 나무
옆을 돌며 춤추는 동작이 펼쳐지고, 아이들은 그것에 정신이 팔려
서 필통은 또 까맣게 잊었나 보다.

- 나만 속상하다!

조용히 필통을 들고 일어난다.

밖으로 나온다.

동생 교실로 갔다.

동생은 교실 앞에서 계속 손짓을 해도 못보고 뭘 열심히 쓰고
있다.

할 수 없이 필통을 들고 동생 자리로 갔다.

"야!"

동생은 얼굴을 들어 나를 쳐다본다.

"왜 왔어?"

"응, 이 필통~ 바꾸자 나 이 색깔 싫어! 초록색으로 하려고! 바꿔

빨리!"

　동생이 우물쭈물하는 사이 나는 필통뚜껑 깨진 걸 꼭 맞춰서 안 깨진 것처럼 겹쳐서 뒤집어 내밀었다.

　"아이 참!"

　마지못해 초록색 필통을 비워 주자 냉큼 받아들고 튀었다.

　"그렇다고 밥을 안 먹으면 쓰나."

　"어서, 한 술만 더 먹자!"

　삐쩍 마른 동생에게 밥 먹이느라 할머니는 애가 타신다.

　"필통은 또 부치라고 하면 되지~."

　"어서 먹자, 어서."

　그 일로 누구한테 혼난 적은 없지만 사촌오빠들은 나한테 별명을 하나 부쳐 줬다.

　"한라산 백여우!"

　"필통을 부러뜨려 가지고 바꿔치기 하는 게 어딨어!"

　"필통을 일부러 부러트린 게 아니고, 금만 갔었어, 금만!"

　"금만 갔는데 쟤가 어쩌다 부러트렸나부지."

　"난 몰라."

　"하여튼, 한라산 백여우!"

처음 본 영화

　월명동에는 일본사람들이 살다 버리고 간 빈 집들이 있다.

그런 집은 먼지를 뒤집어 쓴 채, 동네 아이들의 놀이터다. 어른들도 모여서 얘기도 하는 그런 곳이다. 들어보니,

"호두나무집에서 그날 영화를 보여준다니까 가보자구."

아저씨들 하는 얘기를 듣고 할머니를 졸라서 우리도 공짜로 영화 보러 가자고 했다.

"가 보자, 그럼!"

호두나무집은 마당을 시멘트로 씌워서 넓은 마당이 깔끔했다.

회양목이 가지런히 서서 앙증맞은 모습으로 사람들을 맞이한다. 옆으로는 사철나무가 살이 통통하게 올라가지고 반짝이고 있다. 발밑에 두른 작은 바위처럼 나무도 튼튼하다. 푸르른 사철나무와 회양목으로 정갈하게 단장된 마당은 이집에 사는 사람들 성품을 보는 듯하다. 예쁜 마당이다. 사람이 나와 서있지 않아도 나무들이 충분히 사람 몫을 하고 서 있다.

사람들은 발소리를 죽이며 이 층으로 올라갔다. 정말 작은 극장처럼 생긴 이층 방에서는 영화가 시작된다. 두꺼운 커튼을 다 치더니, 영화가 시작되나 보다. 긴장감으로 모두 조용하다. 방엔 사람들이 가득 찼다.

"엥?"

풍경이 좋은 (극장에서처럼) 그런 영화가 아니다! 트럼프에서 본 (킹, 다이아몬드… 그런) 사람 얼굴에 몸속을 창자처럼 열어서 오색찬란한 그림으로 표시한 그런 모양을 한 '기독교 선전물'이다.

사람 뱃속에 있는 것 같기도 하고. 그림 같기도 한 영상을 켜놓

고 "예수 믿으면 천당 간다."는 얘기를 계속 하는 거였다. 내가 처음 본 영화는 이렇게 가정집에서 본 기독교 영상물이었다.

신기하기도 하고, 예수를 믿으면 저렇게 좋다니, 좋은 건가? 하기도 했는데, 집에 와서도 한동안 그 화려하고 강한 색채와 그림이 지워지지가 않았다.

석필로 쓴 글씨

군산은 땅 빛이 까매서 석필로 글씨를 쓰면 잘 써진다. 석필은 크기는 분필만 하다. 분필은 동그란 원기둥이지만 석필은 각진 네모기둥이다. 분필보다 단단하고 대리석처럼 보이나 글씨는 선명하게 잘 써진다.

땅따먹기 할 때도 땅에 그림 그리기, 낙서하기 할 때도 석필로 쓴다. 맨질맨질해서 손에 묻어나지도 않고 가지고 놀기도 좋다. 어디서 그런 돌이 나는지 석필만 가지고도 하루를 놀았다.

제재소 마당은 제재소에서 "윙" 하는 기계 돌아가는 소리가 나도 석필로 그림 그리기를 하면 시끄러운 소리도 잘 안 들린다.

나무 냄새가 좋아서 제재소 마당에서 석필로 그림 그리기를 하면서 놀면 금방 저녁이 된다.

비온 다음 날 제재소 옆을 지나기만 해도 향긋한 나무냄새는 집집마다 굴뚝에서 올라오는 저녁 짓는 연기와 함께 매캐하면서도 아늑하다.

거기에 어느 집에서 피아노 치는 소리라도 나면 정말 천당이 따로 없이 좋은 동네. 이것만으로도 세상은 너무 향기롭다!

자전거

작은할머니네집 형식이 아저씨는 나하고 동갑이다.

자전거를 가르쳐 준다고 해서 '군산항'으로 갔다. 군산항 아스팔트는 우리 동네 아스팔트보다 훨씬 매끄럽다. 바닥이 고와서 넘어져도 무릎이 별로 까지지도 않는다. 열심히 가르쳐 주지만 아무리 해도 넘어지기만 하고 잘 탈 수가 없다.

자꾸 연습하면 된다고 듬직하게 가르쳐 주지만 잘 안 된다. 너무 많이 넘어지자 자기가 자전거를 타고 군산항을 한바퀴 "휙" 돈다.

- 잘 탄다!

아스팔트 옆은 바로 바닷물인데 아슬아슬하게 바짝 붙여서 쉭쉭 탄다.

그것도 웃으면서.

- 멋져 보인다.

- 저러다가 물에 빠지면 어쩌려고!

조마조마하기도 하고 재밌어 보이기도 하고 아무튼 신나게 탄다. 그러다가 어쩌다가 나도 안 넘어지고 탈 수 있게 되었다. 한 번 되니까 계속된다!

- 나도 이제 잘 탄다!

군산항을 몇 바퀴 돈다. 몇 바퀴가 아니라 하루 종일 탔다. 이제는 나도 바닷물을 보면서 탄다! 형식이 아저씨처럼.

바닷물 가까이만 타는 게 아니라 바닷물이 축대에 물거품을 내면서 부딪치면 나도 그 옆으로 그 물거품이 자전거에 닿지 않도록 살짝 갖다댔다 뗀다.

- 스릴 있다!

- 재밌다!

땀이 나도록 신이 나게 자전거를 탄다. 해가 져도 집에 갈 줄을 모르니까 나중에는 형식이 아저씨가 짜증을 낸다.

"아~ 집에 가자구우~!"

"집에 가아~!"

"괜히 가르쳐 줬더니….."

"빠질까 봐 혼자 두고 집에 갈 수도 없고…."

"아, 그만 가아!"

- 이렇게 재밌는데 왜 가자고 하지?

- 좀 더 타고 싶은데.

자전거는 그 후로도 '군산항'에서만 탔다. 동네에서는 사람도 비켜야 하고 별로 재미도 없다. 낮에 가서 해질 때까지 군산항에서 자전거를 탔다.

물거품이 올 때까지 기다렸다가 "쉭" 하고 물거품과 함께 자전거를 갖다 대는 그 스릴은 아무도 모른다. 자전거에 물방울이 묻지도 못한다.

- 내가 빨리 지나가서.

- 나만 재밌지!

까맣고 긴 열차

정말 즐거운 5학년인데 서울에서 엄마, 아버지가 우리를 데리러 오셨다.

서울로 간다는 거다.

할머니와 고모들은 계속 남아 있고 우리 가족만 열차를 탔다.

열차에는 사람들이 꽉 찼는데

- 대전이라고 했나?

아버지와 나는 열차에서 잠시 내려서 역 선로 옆에 있는 매점에서 파는 우동을 시켰다.

- 열차가 출발하면 어떡하지?

추운 밤에 뜨거운 김이 나는 우동은 먹음직스러웠다.

아버지가 주시는 우동을 받아서 우동 국물을 한 모금 넘겼다. 우동에서도 김이 났지만 옆에 서 있는 열차 바퀴에서도 커다랗고 하얀 김이 푹푹 난다. 소리도 시끄럽다. "뚜뚜" 하는 게 금방 떠날 것 같다.

- 열차가 곧 출발 할 것 같은데.

"아직 멀었으니 천천히 먹으라고."

아버지는 나를 안심시킨다.

"아버지, 아직 멀다니 이렇게 열차에서도 김이 나고 우동에서도 김이 나는데~."

"응?"

"아냐, 그냥."

내가 우동 그릇에 코를 박고 먹고 있는 동안에 열차는 엄마와 동생만을 태운 채 출발할 것만 같다.

- 아버지는 달리는 열차를 한 손에 잡고, 한 손으로 나를 잡아 달리는 열차에 태우는 모습이 우동 그릇 속에 보인다.

호르륵~ 한 젓가락 입에 물고 고개를 흔들었다.

"다 먹었어."

다 먹지 못하고 열차에 올랐다.

서울 학교

남산초등학교 5학년에 편입되고 동생들은 3학년, 1학년으로 들어갔다.

1학년짜리 여동생은 끝나면 큰언니인 내 교실에 찾아와 내 자리 옆에 앉아 있다.

내 짝은 그런 적도 없겠지만, 동생이니까 자리를 좁혀 주어 셋이서 앉아서 수업을 들었다. 동생은 잘 알지도 못하면서 똑바로 앞을 보고 누구보다 열심히 듣고 있다. 무슨 소린지나 아는지….

태도만큼은 나무랄 데 없는 우등생 모습이다. 대답은 안 하고 있었으면 좋겠는데 제일 큰 소리로 "네!"하고 시원시원하게 대답하고 앉았다.

담임 선생님께서 물어보셨지만 동생이라고 말씀드리니까

"응, 끝나면 언니하고 같이 집에 갈려고?"

하면서 봐 주셨다.

동생은 끝나도 곧바로 가지 않고 고학년 교실 앞에만 있는 풍금을 치기도 한다. 우리 교실 앞에 있는 풍금만 치는 것도 아니다. 풍금마다 다 치고 다닌다. 그대로 두고 싶지만 남들에게 피해가 가지 않도록 동생을 잘 달래서 데리고 집으로 간다.

나중에 엄마가 학교 끝나면 언니 교실로 가지 말고 곧바로 오라고 해서 더 이상 동생은 교실에 나타나지 않았다.

학교 갈 때 옆집 친구하고 같이 학교에 가려고 친구 집으로 갔더니 친구는 부엌에 쪼그리고 앉아서 도시락을 준비하고 있다.

"왜 니가 해?"

"응, 엄마가 아프셔서."

멸치볶음을 금방 만들어서 깨까지 뿌려서 도시락에 담고 있다.

"잘하네!"

하니까 하얀 이를 활짝 드러내며 웃는다. 친구는 참 착하게 보인다.

엄마가 아프셔도 침울하지도 않고 아침 일찍 일어나서 부엌일을 하고 학교에 가는 것도 다 괜찮아 보였다.

- 맑고 밝은 표정이.

좋은 친구라고 생각되었는데 같이 숙제도 하고 놀 시간은 없었다. 왜냐하면 학교가 끝나면 친구는 언니와 함께 시장에서 김밥을 팔아야 하기 때문이다.

하루는 나도 같이 서서 친구들 보고 웃고 있는데(그게 친구와 노는 것이라고 생각했기 때문에) 친구도 좋아하고 친구 언니도 재미있었다.

엄마가 시장 가다가 그렇게 하고 서 있는 나를 보았다.

엄마는 기겁을 하고 내 손목을 잡아끌고 집으로 왔다.

"왜 그래 내 친군데!"

"친구? 아니 친구가 없어서 길에서 김밥 파는 애를 같이 서서 친구라고 하고 있어?"

"거기 한 번만 더 가 봐!"

"친구는 부잣집 아이들을 사귀어야지, 길에서 김밥 파는 걸 뭘 배워오겠다고 친구야, 친구가!"

그날 이후 그 하얀 이를 드러내고 활짝 웃는 친구를 다시는 못 만났다.

비가 조금 내리는 날, 우산도 없이 고개를 숙이고 두부 심부름을 갔다가 땅바닥이 시커멓게 질척거리는 바닥에 두부를 떨어뜨렸다. 팥죽처럼 질퍽질퍽한 까만 바닥에 하얀 두부가 "팍" 깨어져서 부서졌다. 내 뱃속에 무슨 덩어리가 "툭" 빠진 것 같다. 어떻게 집어 볼 수도 없고 아깝기만 했다.

구름다리 건너 건물에는 양장점들이 많았는데 양장점들은 공장을 함께 하고 있어서 가게 문을 닫으면 공장에서 재단하고 남은 천 조각들을 문 앞에 다 버렸다.

그 천 조각 줍는 재미에 우리는 뛰어다니면서 예쁜 천 조각들을 모았다.

가지각색 예쁜 천 조각들, 레이스천, 색깔천, 오간지천, 알록달록 무늬가 있는, 보들보들하고 예쁜 천들이 꽃처럼 많아서 그 중에서도 더 예쁜 걸 골라야 한다.

너무너무 예쁜 천들을 손바닥 가득 가지고 와서는 상자에 차곡차곡 넣어 두었다. 예쁜 천 조각들을 보면 괜히 웃음이 나온다. 그때는 그게 제일 재미있는 놀이다.

식구들과 호박국에 저녁을 먹을 때쯤 구름다리 위에서 하모니카 트럼펫 소리가 들린다. 여드름이 가득하고 빙글빙글 돌아가는 돋보기안경을 낀 오빠도 아닌 아저씨도 아닌 사람이었다.

"나뭇잎이 푸르던 날엔 뭉게구름 피어나듯 사랑 일고~
끝없이 퍼져나간 젊은 꿈이 아름다워~."

이 곡을 매일 불어서 우리가 다 외울 정도였다. 그 곡조는 꼭 사람이 노래 부르는 것처럼 들렸다. 고시 공부하는 대학생처럼 보이는데. 공부는 안 하고 낮에는 그 양복점에서 일하고 저녁엔 저렇게 트럼펫을 분다.

아름다운 곡들을 틀리지도 않고 잘 불어서 누가 시끄럽다고 하는 사람도 없었다. 그 집에서는 양복점이라 예쁜 천이 안 나온다.

색깔과 무늬가 예쁜 천 조각은 군산에 있을 때도 모아 보았다. 엄마는 시장 통에 있는 한복가게에 일하러 다니셨는데 저고리 동정 다는 일, 재봉틀 돌리는 일, 인두로 마무리 하는 일 등을 하실 때 나를 데리고 다니셨다. 거기 따라 가는 일은 지루하지 않았다. 색이 고운 비단들을 실컷 볼 수 있었고 만져 보기도 하고, 걸려 있는 색동저고리는 색색깔로 다 볼 수 있었다. 지나가는 사람 구경하는 것도 재미있다. 그리고 색동저고리 만들면서 남는 천 조각, 비단조각, 갑사, 숙고사, 모본단, 양단 등이 감긴 두루마리를 "타다닥"하고 풀어 놓으면 오색영롱한 비단들의 수 모양을 보는 것도, 국화모양, 대나무모양, 꽃모양, 글씨모양, 구름모양… 그런 비단을 보는 것도 흥정하는 모습을 보는 것도 흥미롭고 재미있었다. 그때도 예쁜 아름다운 천 조각들을 많이 모아서 상자에 차곡차곡 담아두었다.

친구와 나는 누가 더 예쁜 천을 발견했는지를 서로 대 보며 즐거워했다. 많이 모으는 것보다 두 사람이 똑같이 인정할 수 있는 예쁜 천을 모으는 게 중요하다.

내 친구 '봉선화'

바로 옆집에는 봉선화가 살고 있다.

나보다 두 살 위인데 키도 크고 체격도 좋고 얼굴은 이름처럼 예쁜데다가 행동도 의젓해서 언니 같다.

그런데 그 애 동생은 내 동생보다 어리고, 또 나는 언니 소리는 해 본 적이 없어서 언니라고 부르기는 싫고 친구라고 할 수도 없어서(키가 너무 크니까) 그 애 엄마가 그 애를 부를 때 "봉선아~ 봉선아~."하는 게 꼭 '봉선화'처럼 들려서 그냥 '봉선화' 그렇게 불렀다.

그러자 그 친구는 양 볼에 보조개를 패이면서 웃고, "응! 그래!

같이 놀자!"

하고 받아 주었다.

원래 이름은 '김봉선'이었다. '봉선화'는 누구나 좋아한다. 예쁘고 항상 웃으면서 친절했다.

어른들도 부잣집 맏며느릿감이라며 칭찬했다. 아이들도 좋아해서 친구가 동네에만 있는 게 아니다. 남산에 사는 친구 집에 갈 때는 나도 데리고 갔다.

그 집에도 아버지는 안 계셨는데 친구와 친구 엄마는 봉선화를 너무 반가워했다. 같이 간 나에게까지 잘 대해 주시고 부침개도 해서 저녁도 먹고 모두 창문가에 앉아서 놀았다.

흔들리는 나뭇가지 사이로 달빛이 반짝일 때 까지 놀았는데도
"더 놀다 가라."

"자고 가라."

하고 붙잡았다.

낮에는 나뭇가지가 흔들리면 다정하고 예쁜데 동네가 남산이라 그런지 달빛 밑에서 보는 나무는 낮에 봤던 살랑거리는 나무는 아니었다! 창문에 커다란 나뭇가지가 바람에 휘청거릴 때면 누군가 창문 옆에서 긴 팔을 휘젓는 것 같아 무서웠다!

'봉선화'는 그렇게 가는 곳마다 사람들이 붙들고 놓아 주질 않는다.

그때마다 볼에 패이는 보조개는 더 깊이 들어간다. 그러다 아주 볼에 구멍 뚫릴까 봐 걱정된다.

별 이야기도 없이 그냥 앉아만 있고, 가끔 웃는 것이 전부인

데… 왜 그렇게 모두들 좋아하지?

봉선화를 따라서 소사까지 간 적도 있다. 그 집은 기차역 앞이었다. 기차역과 울타리가 없어서 기차역집 같다. 철길 따라 꽃이 많이도 피어 있는 집이다. 전화기도 있어서 기차소리 말고도 기둥에 매단 전화기는 자주 "찌르릉"댔다. 봉선화는 "전화기가 있어서 좋겠다"하니까 그 친구는 "좋기는 뭐가 좋아 시끄럽지"한다.

그 집에서 복숭아를 얼마나 먹었던지 배가 부르고 복숭아 물이 입으로 나올 것 같다. 여기서도 집에 갈 때는 이별이 길다. 하룻밤 자고 아침 먹고 세수하고 가는데도 둘이 서서 한참을 있다. 뭐 별말도 없이 서로 얼굴만 쳐다보고 서 있다. 서울역까지 기차 타고 왔는데 복숭아는 많이 들고 왔다.

- 가족도 아닌데 기차도 같이 타고.

옥상에 사는 민자네집에서 비스킷을 만든다고 오라고 해서 봉선화와 나는 올라갔다. 노랗게 반죽을 만들어 놓고, 우리는 모여 앉아 사각형 모양, 동그란 모양 등을 만들어서 자로 대고 칼로 자르고, 간장종지로 눌러서 젓가락으로 콕콕 찍어서, 프라이팬에 뚜껑을 덮어 구웠다.

기다리는 동안 고무줄놀이를 하고 왔더니 비스킷은 다 구어지고 식혀 놓기까지 해서 달콤하고 바삭한 비스킷을 자꾸 집어먹었다.

봉선화네집 이 층에서 창문으로 아래를 내려다보면 염색소가 보인다. 염색소에는 언제나 뜨거운 김이 나는 염료를 푼 커다란 드럼통이 여러 군데 있다. 옷감을 집어넣었다 뺐다, 이쪽 통에서 저쪽 통으로 옮기면서 뜨거울 것도 같고 무거울 것도 같은데 뚱뚱하고 체격이 큰 아저씨는 가슴까지 오는 고무 옷을 입고는 하나도 힘들어하지 않는다. 그걸 보면 재밌다.

몇 번을 돌리다 빼나 세어 보기도 하고 다음은 어느 통으로 넣나 보기도 하고 매일 아침부터 밤까지 일을 하는데 그 힘든 일을 아주 쉽게 하는 아저씨를 보고 있으면 지루하지도 않고 재밌다.

"나는 저거 들지 못할 거야!"

"무거울 것 같은데."

"아마 팔이 빠져 나갈걸!"

"뜨겁고 무거운 걸 어떻게 저렇게 잘 들지?"

봉선화와 나는 계속 하나둘 세고 있는데 갑자기 봉선화가 불에 덴 듯 "오빠 왔다!" 한다.

"오빠가 왔는데 왜 그렇게 놀라?"

"빨리 빨리 내려와 빨리!"

"참! 왜에?"

"빨리 빨리!"

재밌는 구경거리를 못 보게 하는 것도 그렇지만

- 저렇게 계단에서 넘어질 듯 뛰어 내려갈건 뭐야? 잡아먹나?

뒤따라 내려오다 나는 보았다.

문 앞에서 봉선화 오빠는 봉선화를 째려보며 뭐라고 야단을 친다!

오빠보다 덩치가 더 큰 봉선화는 정말 한 대 맞을 것처럼 바보같이 서 있다. 그리고는 나를 둔 채 대문 밖으로 나간다.

나는 봉선화 오빠 옆을 지나면서 슬쩍 한번 쳐다보고 그 집을 나왔다. 봉선화는 대문옆 벽에 등을 바짝 대고 울상을 짓고 있다.

- 그 여왕 같던 봉선화가 어떻게 이렇게 달라지나?!

"왜 그래?"

"오빠가 때려?"

"아니 그게 아니구."

"오빠 공부하는데, 시끄럽게 하면 안 돼!"

"우리 아까 뭐 잘못 건드려 놓고 나온 건 없지?"

"뭐?!"

- 경기고등학교에서 공부 잘한다는 소리는 동네에 파다해서 알겠지만 저렇게 식구들을 꼼짝 못하게 해서야 원….

- 공부 잘해서 이다음에 나라에 큰 사람이 되어도 국민들을 꼼짝 못하게 할 것 같은 사람 1호다.

"그래서 집엔 안 들어갈 거야?"

"이따가 봐서."

"그럼 난 집에 갈게."

공부 잘하는 집 동생은 불쌍하다.

저럴 거면 나는 오빠 있는 게 하나도 부럽지 않다. 뒤돌아 다시 봉선화에게 가서 말했다.

"거기 그렇게 서 있지 말고 우리 옥상 가서 놀자."

"응~."

옥상으로 올라가는 계단에 최석환 오빠 친구라는 조중구 오빠가 서 있다.

"오빠 거기 왜 서 있어?"

"응, 이거 니네 줄려구, 저번부터 가지고 다녔어."

"뭔데?"

"진주 목걸이 하고 샤프펜슬."

"진주 목걸이?"

"무슨 학생이 진주목걸이야!"

나도 봉선화도 오빠 일은 잊은 채 깔깔대고 웃었다.

"어디 봐!"

"어머!"

교복 저고리 안주머니에서 꺼낸 건 내 허리까지 내려오는 기다란 진주목걸이다.

신기하기도 하고 웃겨서

"이걸 어떻게 하고 다녀?!"

"너무 길지 않아?"

봉선화와 나는 깔깔대고 웃으며 진주목걸이를 서로 해보다가 계단에서 떨어뜨렸는데 진주목걸이는 떨어지면서 알맹이가 "우두둑"쏟아졌다, 흩어진다.

"어!"

그 오빠가 진주 알을 엎드려 줍는 사이 우리는 옥상으로 올라가서 고무줄놀이를 한다. 고무줄놀이는 진짜 재밌다. 나중에는 신발 벗고 맨발로 뛴다. 저쪽으로 최석환 오빠가 학교에서 돌아오나 보다. 최석환 오빠는 영화배우 같다.

키는 전봇대처럼 크고 날씬한데다가 얼굴이 얼마나 잘 생겼는지 까무잡잡한 피부는 여자보다 더 매끄러워 보인다. 그 집 아버지도 잘 생겼다.

똑같이 키도 크고, 그런데 최석환 엄마는 할머니처럼 생기고 키도 작아도 너무 작다.

- 어떻게 저런 작은엄마 속에서 저렇게 큰 아들이 나왔을까?

"니 차례야. 빨리해."

"응, 알았어!"

우리 반 일등

남산초등학교는 일단 학교에 등교하면 하고 시까지 교문이 잠긴다. 학생들이 마음대로 교문을 드나들지 못한다. 그래서 쉬는 시간에 아이들은 담장에 붙어서 담 너머로 돈을 던지면 교문 앞 가게에서 주인 아주머니나 아저씨가 원하는 물건을 담 위로 던져준다.

지우개, 칼, 자, 컴퍼스, 실내화, 스케치북까지 종류도 많다.

딱딱한 세모난 치즈도 던진다. 받은 아이는 딱딱한 치즈를 조금씩 입으로 떼어먹는다.

처음엔 재미있었는데 자꾸 보니까 별로 모양새가 좋은 것 같지 않다.

종례시간마다 담임 선생님은 그 문제를 말하시며 집에서 꼭 준비물을 챙겨오고 누구 외부에서 손님이 학교에 오시더라도 좋은 모습을 보이자고 여러 번 말씀하신다. 그래도 여전히 그 일은 계속됐다.

나중에 주번 선생님이 담에 지켜 서서 호루라기를 불면 뜸해지긴 했지만 여전히 담 너머로 물건들을 산다.

교내에도 매점은 있다. 교내 매점은 주로 초코 빵이나 슈크림 빵, 과자. 밀크 캬라멜, 초코렛 등 먹는 것이 주였다. 나도 매점에서 동생과 초코 빵을 사먹었다.

학교가 끝나고 가게 앞에 가 보니 내가 가장 가지고 싶은 '전과지도서'와 표지도 산뜻한 위로 쓱쓱 넘기는 '워크북수련장'이 있다.

전과에 줄을 삭삭 그으면서 답을 외우는 아이가 부럽고, 그 안에는 알고 싶은 모든 게 들어 있다. 또 시원하게 생긴 푸른색 '워크북수련장'은 전과지도서보다 얇아서 사주면 나는 그 안에 있는 모든 문제를 하루에 다 풀 수 있을 것 같다.

공부도 잘 할 수 있을 것 같다.

워크북수련장 말고도 다른 수련장이 많았지만 나는 그 수련장이 제일 갖고 싶었다. 가게에서 전과와 그 수련장을 손으로 한 번씩 만지고 왔다.

- 새 책은 냄새도 좋다.

전과에는 숙제에 필요한 답이 다 들어 있다. 자세히 그리고 예습도 할 수 있어서 꼭 필요한 건데 부모님은 안 사주셨다.

학교에서 언덕을 쭉 내려오면 왼쪽으로 꺾이는 길에 조그마한 냄비 우동집이 딱 붙어 있다. 가게가 작은 이유도 있지만 그 집은 항상 사람들이 가득 차 있다.

유리문 바로 앞에 계란과 어묵과 쑥갓이 들어 있는 냄비우동이

끓고 있다.

맛있게 보여서 진열장밖에 서서 냄비우동 끓는 것을 들여다보고 오기도 한다. 우리 부모님은 여기까지 나를 데리고 와서 냄비우동을 사주실수는 없을 거다.

- 동생들도 많고 항상 바쁘시니까.

가끔은 엄마한테 돈을 타서 시장에 있는 짜장면 집에 혼자 가서 먹고 오기도 한다.

- 짜장면도 맛있다!

'박우영' 선생님이 담임이었던 6학년 교실은 왼쪽 창문으로 햇빛이 너무 많이 들어와서 눈이 부실 때가 많다.

점심시간 다음 시간이기도 했고 너무 더운 날씨에 활짝 열어 놓은 창문으로 바람은 안 들어오고 햇빛만 따갑게 쏟아져서 반 아이들이 꾸벅꾸벅 졸기 시작했다.

나도 졸려서 턱을 자꾸 끌어당기고 있는 참인데 선생님이 제안하셨다.

"이 문제 푸는 사람은 저 시원한 복도에서 수업하게 해줄게!"

칠판에 산수 문제를 길게 적으신다.

"자! 빨리 풀 수 있는 사람!"

하고는 한손을 들고 서 있다.

- 눈을 똑바로 뜨고 봤더니.

- 문제 중간부터 눈에 쏙 들어왔다.

공책에 문제를 풀면서 직감했다!

나보다 빨리 푸는 애는 없을 거라고!

문제가 눈에 확 들어오는 순간 번개보다 빠르게 내 눈이 문제 양쪽을 동시에 훑고 똑같이 손도 움직이고 있다!

당당하게 공책을 들고 앞으로 나갔다!

선생님이 보시더니

"맞는데! 맞어!"

"이렇게도 풀 수도 있겠구나!"

"푸는 방식은 조금 다른데 답은 맞았어!"

"좋아! 복도에서 수업해도 좋아!"

나는 시원한, 정말 시원한 그늘진 복도에서 엎드려서 책을 보고 있다.

- 내가 이겼다!

평소에 태복당집 딸, 한마당 아이스케키집딸, 하와이에서 공연하고 왔다면서 하얀 팔뚝에 금팔찌를 세 개나 하고 다니며 몽키바나나 자랑을 하던 애, 나 혼자 괜히 주눅이 들었던 부잣집 아이들을 보기 좋게 한방에 제꼈다!

슬쩍 보니 엉킨 실타래를 푸는 것처럼 다들 찌푸리고 땀을 뻘뻘 흘리고 있다.

- 이거구나!

복도 책꽂이에 있는 책을 이것저것 빼서 보고 있는데 한참, 정말 한참 후에야 우리 반 일 등이 다 풀었다고 선생님께 공책을 보인다.

"응! 됐어!"

"너도 나가."

내 앞으로 온 우리 반 일 등은 엎드려서 계속 나를 째려본다.

- 뭘 째려봐!
- 나보다 늦게 풀었잖아!
- 일등이래매!!

눈으로만 말했다. 이때 나 때문에 분발하는 사람도 꽤 많겠다고 생각했다.

그리고 나는 알았다. 한번이라도 꼭대기에 올라가 본 사람은 그 자리에 있던 사람을 바로 눈 아래로 본다는 것을…!

학교가 끝나고 교문을 나서는데 '이선채'가 내 손을 잡는다.

"우리 집 가자!"

이선채네 집은 대문이 너무 커서 옆에 작은 문으로 들어간다. 복도를 지나 거실 문을 여니 궁전 같은 방이 나온다. 이선채 엄마는 친구 분과 얘기 하는 중이시고 방이 너무 커서 두 분이 조그마하게 보인다.

그랜드 피아노 옆에 응접세트가 두세 개 있고 아름다운 카펫이 깔려 있다. 천장부터 바닥까지 통유리로 된 창에 자주색 우단커텐이 걸려 있다. 큰 창으로 보이는 정원은 노란 잔디와 나무들로 둘러져 있다.

그게 한눈에 다 보인다.

궁전 같은 방은 노란 잔디밭과 수평이고 그 가운데 유리창이 있다.

이선채 엄마는

"오, 친구야?"

"아줌마한테 밥 달래서 같이 먹어!"

"맛있게 먹어!"

하면서 활짝 웃으시더니 다시 친구 분과 얘기 하신다. 이선채는 입을 삐쭉 내민 채 아무 말 안하고 문을 "쾅" 닫고 나온다.

"아줌마, 우리 밥 줘."

"영길아, 우리도 차 마시자."

친구는 찻잔과 홍차티백을 가져와서는 마시라고 한다. 차가워서 한 모금 마시고 찻잔을 들고 있는데 아주머니가 밥상을 들고 와서 우리를 보더니

"아이구, 찬물을 부으면 어떻게 먹나?"

"뜨거운 물 넣는 거야?"

"그럼 누가 찻잔에 냉수를 부어?"

친구는 엄마처럼 해보고 싶었는데 잘 안되었나 보다. 우리는 둘 다 맹한 사람이 되어 버렸다. 나올 때 보니 자가용이 두 대나 차고에 있다.

- 참 부자네!

안경

나는 안경이 끼고 싶다. 그냥 사달라고 하면 부모님이 안 사주실 것 같아서 집에 오는 길에 산소용접 하는 데서 "탁탁" 튀는 파란 불꽃을 계속 보고 서 있다.

얼굴에 철가면을 연신 갖다 대며 일하시던 분이

"위험해요."

"저리 비켜 서요."

하는데도 계속 불꽃을 보다가 눈이 시려져서 집에 왔는데 그래도 안경은 안 사주셨다.

대문을 벌컥 열고 들어가는데 부엌에서 엄마가 세숫대야에 무슨 약을 뿌리고 뒷물을 한다. 못 본 척하고 지나가면서 속으로

- 나도 저렇게 해야 되나 보다.

엄마는 큰소리로

"너는 이렇게 엄마처럼 하면 안 돼!"

"그냥 맹물로 하는 거야."

하고 소리친다.

- 어! 어떻게 내 생각을 알았지?

"알았어요!"

방에선 여동생이 유리창에 바짝 붙어 서 있다가

"언니, 이리 좀 와 봐!"

"재가 뭐라는 거야?"

내려다보니 시장 사람들 지나가는 길로 사람들이 북적대서 뭘 보고 하는 얘긴지 모르겠다.

"뭐가?"

"거기 말고 앞에, 앞에를 봐봐."

"저긴 박병두네 잖아!"

박병두네 집이 보인다. 쟤네 집에서도 우리 집 다 보고 있겠구나?

박병두는 남자애라 우리 집에 놀러 올 수도 없고 우리가 놀러 갈 수도 없다.

"그래~."

그쪽도 창문에 가까이 붙어서 뭐라고 쓰고 있다. 손가락으로 몇 번을 써 보여도 우리가 알아먹지를 못하니까 급기야 작은 창문을 열고 입을 오므리고

"할 말 있으니까 나와."

"할 말 있으니까 나오래"

"너는 참 잘도 알아듣는다!"

동생에게 핀잔을 주고 창문을 닫아 버렸다. 박병두는 계속 나오 라고 손짓을 하며 자기도 나가는 시늉을 한다.

"언니, 우리도 나가 보자, 뭐래나!"

"뭘 나가 나가긴. 장난꾸러기 같은 놈!"

"언니, 나가 보자. 심심해."

박병두는 공깃돌 같은 게 아주 날라온다!

"뭐! 무슨 얘기야, 할 말이!"

빙글빙글 웃으며 얘기를 할듯말듯 웃고 있다가 주머니에 손을 넣었다, 뺐다, 집 앞 계단에서 폴짝폴짝 한발 뛰기를 하다가…아 주 뜸을 들인다.

"너! 재미없기만 해 봐~!"

"아이, 오늘 자전거 타다 넘어져 가지고!"

하면서 말짱히 새로 갈아입고 온 바지를 툭툭 턴다. 양장점집 아들이라서 언제나 옷차림은 깔끔하다.

"자전거도 못 타?"

"남자가 돼가지고 안됐다~."

"야! 근데 너는 궁금하지 않냐?"

"뭐가."

"아니 나는 매일 우리 엄마하고 아빠하고 같은 방에서 자는데 엄마하고 아빠하고 뽀뽀하는 걸 한 번도 못 봤다!"

"뭐!!"

말이 끝나자마자 여동생은 발을 구르고 배를 잡고 웃고 난리가 났다.

"아니! 요 쪼그만 게 못하는 소리가 없어요! 응?!"

하고 꿀밤을 톡 때리니까

"아, 난 진짜 궁금해!"

"오늘은 지켜봐야지 하고 눈을 꼭 감고 기다려도 눈뜨면 항상 아침이라니깐!"

"히히히히."

"호호호호."

한 대 더 맞고

"어! 왜 자꾸 때려! 넌 안 궁금해?"

"뽀뽀를 했으니까 내가 태어난 거 아냐!"

"너 한 번만 더 그딴 소리해 봐! 죽을 줄 알어!"

여동생은 배꼽 빠지게 웃고 눈물 까지! 아주 운다, 울어!

내가 생각해 보니깐 우리와 놀고 싶은데 놀아 주질 않으니까 저런 얘길 만들어 온 것 같다. 그 아이도 그런 얘기를 하고 싶지는 않겠지만 그 정도 애기를 해야 우리가 웃어 줄 것 같아서 그러는 것 같다.

"야! 너 남자애가 남자친구하고 놀지 왜 우리하고만 친구야?!"

"니네가 재밌으니까 그렇지."

여동생만 재밌나 보다. 말만 하면 웃고 발을 구르고 폴짝폴짝 뛰면서 웃기 바쁘다 배를 잡은 채~

"한대 더 맞아 봐! 재밌나!"

하고 때리려는데 도망가면서 소리친다.

"내가 보면 꼭 가르쳐 줄게!"

하고 도망가다가 우리 엄마하고 부딪칠 뻔했다.

엄마는 지나가다가

"응, 병두구나!"

한다. 엄마는 병두가 쪼그매서 남자애로 치지도 않는다.

- 금방 그렇게 자기 부모 흉을 본 깜찍한 놈인 줄도 모르고….

"네? 네! 안녕하세요? 안녕히 계세요."

인사는 반듯하게 하고 간다. 옆에 있던 우리 집표 부잣집 맏며 느릿감 여동생은 언제 웃었냐는 듯 웃음을 싹 감추고 착한 척 하고 있다.

- 다 모르는 거야.

- 어른은 애들을 모르고.

- 애들은 어른을 모르고.

아침부터 동네에 경찰이 나타났다. 공중화장실에 누가 애기를 낳아 놓고 갔다는 신고를 받고 왔다고 한다. 그 애기는 죽은 아기

였단다.

경찰이 조사를 한다고 웅성거리고 사람들은 서서 쳐다보면서 우울한 표정으로 쯧쯧 거렸다. 어떻게 결말이 났는지~.

한참을 '폴리스라인'을 쳐 놔서 그 공중화장실은 사용을 못하게 했다.

가족 소풍

우리 할머니도 함께 가족 모두 한강에 물놀이를 갔다.

튜브를 타고, 밀고 다니고, 떠다니고, 백사장에서 모래찜질도 했다. 하루 종일 물놀이를 해도 지치지도 않는다.

사진도 찍고, 사람들도 다 떠나고 해가 질 무렵까지도 우리 가족은 물놀이를 한다. 입술을 오들오들 떨면서도 어른, 아이들 모두 물놀이가 즐거워 집에 가자고 하는 사람은 아무도 없다. 너무 춥다고 할 때까지 놀고, 어두워져서야 집으로 돌아왔다.

학교를 결석하고 창경원에 벚꽃놀이를 간 적도 있다. 세라복을 멋지게 입고 우등생으로 이름을 날리던 고모도 내가 학교를 빠지고 놀러가기를 권장했다. 이건 정말 아닌데 싶어도 따라갔다.

창경원 벚꽃 아래서 사진도 찍고, 즐겁지도 나쁘지도 않은 표정으로….

서울에 오신 작은할머니

군산에서 작은할머니가 오셨다.

엄마는 양은으로 된 둥근 밥상을 꺼내어 급히 점심을 차리려는데

"아이고 그만두소!"

"귀찮은데 갈비탕이나 하나 시켜 줘!"

"갑자기 와서 폐 끼치면 쓰나?"

"아이고, 작은 어머니 폐라니요. 무슨 그런 말씀을 하세요. 새로 밥 지어 드려야지요.

"아니 정말 갈비탕 시켜 주면 돼!"

"내가 시간도 그렇고, 빨리 먹고 가야 할 데가 있어서 그래."

작은할머니는 배달된 갈비탕을 맛있게 잡수시고 과일을 드시며 두 분이 말씀을 나누신다.

"그런 집엔 무슨 선물을 사가야 되나요?"

"글쎄, 나도 생각을 많이 해봤는데 왜 부잣집들은 다과를 쟁반에 내지 않고 요만한 다과상에 내거든."

하며 두 손으로 동그랗게 만드신다.

"그래요? 그런 게 있나요?"

"응, 그래서 그걸 좀 보고 가려고."

"내 정신 좀 봐! 차 시간 대려면 빠듯하네, 나 일어나네."

"이렇게 왔다 가시면 섭섭해서 어떻게 해요."

"좀 더 계시지~."

"그러게, 나도 그러고 싶지만 내 또 옴세. 잘 있게."

영이도 잘 있어!"

작은할머니는 항상 내 이름을 '영이'라고 부르신다.

"네 작은할머니 안녕히 가세요."

엄마도 어느 집에 인사를 가야한다며 선사품을 사러 간다고 나가서는 빨갛고 노란 크래커 한 박스와 그 비슷한 과자 하나를 사들고 왔다. 그걸 빤짝이 포장지로 포장을 해서는 들고 내 손을 잡고 집을 나섰다.

"아니 말이 한 박스지."

"그건 그냥 집에서 애들 먹는 과자지. 무슨 선물이야!"

나는 정말 엄마가 창피했다.

"그게 무슨 선물이냐구~."

- 이걸 어쩌나.

"그런 게 아니고 케이크 집에서 카스텔라나 뭐 스펀지케이크라도 사지 무슨 흔들거리는 과자를 사들고 와~."

엄마도 돈이 싸게 먹혀서 그걸 산 걸 나도 알지만 너무 창피하고 정말 따라가고 싶지 않다.

"난 안 갈래!"

"왜, 같이 가자."

"엄마 혼자 가는 것보다…."

엄마는 그게 무슨 큰 보물단지라도 되는 줄 아나 보다.

금색 포장종이로 싼 반짝이는 걸 가슴에 안고 한 손은 내 손을 잡고 그 집으로 갔다.

"난 여기 있을 거야!"

"왜 같이 들어가지 않고."

"싫어!"

오래지 않아 엄마는 그 집 분과 대문에서 인사를 하며 나온다.
나는 걸음을 빨리했다.

"천천히 가아~."

엄마는 나를 쫓아오느라고 바쁘다.

뒤통수가 따갑다.

내 발에 발통이 달렸으면 좋겠다.

에스컬레이터

서울 와서 생긴 일은 그것뿐이 아니었다.

한국은행 앞 상업은행에 에스컬레이터가 새로 생겼는데 둘째
남동생이 친구들과 몰려가서 그 에스컬레이터를 타고 놀다가 경
비원이 소리를 지르니까 도망치다 정문 유리창에 부딪쳤다.

한동안 팔에 접골원에서 매준 붕대를 감고 다녔다.

형제 중에서 제일 예쁘게 생기고 착하고 얌전한데 집밖을 나가
면 노는 게 장난이 아니다.

한번은 구름다리 위에서 놀다가 떨어져서 죽을 뻔한 적도 있었다.

우리 교실에 들어와서 같이 수업 받던 여동생은 손가락이 구름
다리 사이에 끼워져 잘려서 그 잘려진 손가락을 찾아서 들고 병원
에 가서 붙여 온 적도 있다.

아이들이 많으니까 발생하는 일도 많았지만 그때그때 최대한 빨리 빨리 움직여서 나쁜 일들은 될수록 입 밖에 내지 않고 조용히 신속하게 마무리가 되었다.

야단을 치거나 친척 누구에게 얘기하거나 하는 일은 없었다.

나쁜 일은 입 다물고 빨리 처리하고 좋은 일은 아낌없이 칭찬해 주고 웃고 즐기는 곳이 집이라는 생각이 들었다. 집안에서 누구도 큰소리 내거나 하는 건 없다. 좋지 않은 일은 모른 척하고 일부러 꺼내어 말하는 일없이 좋은 일만 웃으면서 얘기했다.

그런데 웃지 못 할 일이고, 숨길 수 없는 일이 일어났다.

우리 집에 불이

우리 가족은 남대문에 살고, 큰고모 작은고모가 홍제동 살 때다.

다음 날 부모님들이 쉬는 날이라 우리 가족 모두 큰고모네 집에 놀러가서 하루 자고 오기로 했다. 오랜만에 만난 고모들과 모처럼 한가롭게 모두 모였으니 맛있는 음식 해먹고 재미있게 놀다가, 음악을 듣거나, 잠자리를 보거나 할 때다.

라디오를 틀자마자,

"남대문 시장에 큰 불이 났으니 주민 모두 대피하고…."

"소방차가 몇 대가 동원되고…."

하는 방송이 나온다.

"뭐라고?"

"또 불이 났다!"

가족들은 전쟁이 터졌다는 분위기였다.

어차피 이 밤에 가 봐야 잘 곳도 없을 것 같아서 자고 아침 일찍 집에 돌아오니 집이 없어졌다!!

집이 없어진 정도가 아니라 시장전체가 까만 숯덩이가 되었다. 아예 남대문 시장 앞에 줄이 쳐져 있어서 누구도 들어갈 수도 없다.

우리 집은 형체를 찾아볼 수도 없고 해골처럼 창문이 깨진 시커먼 유리 창틀만이 구멍구멍 뚫려 있고 숯가마에 소방차들이 뿌린 물만이 흥건하였다.

군산에서 신문사 차 타고 다니던 화려한 시절의 고모는 진 내과 집으로 시집간 후 잘못 되어서 홍제동에서 큰고모와 살고 있다. 본부인이 살아 있다는 주서방이라는 사람과 살면서 과일 가게를 했다.

사랑해서 그렇다니 거기까지는 이해가 된다.

내가 큰고모 집에 놀러간 날 목욕탕 갔다 오는데 작은 고모가 목욕탕물이 하수도로 나오는 개울에서 빨래를 하고 있었다

"고모, 거기서 뭐해?

다리 위에서 물었다.

"너 목욕탕 갔다 오니?"

"응."

"뜨거운 물 좀 많이 내보내지~."

"응?!"

- 물 절약한다고 아껴 쓰고 나왔는데… 누가 수도꼭지 틀어 논

거 있으면 바로 잠그기도 했고….

손수건 한 장도 빨리 않던 고모는 빨갛게 얼은 손을 호호 불어 가며 다리 밑에서 빨래를 하고 있다.

"아~."

- 우리 집은 이제 망했구나!

- 나는 이 다음에 커서 절대 연애하지 말아야지!!

- 고모를 저렇게 만들어 놓고 주서방은 뭐가 좋아서 매일 빙그레 사람 좋은 웃음을 웃고 다니는지 정말 알 수가 없다!

중학교

국민학교 입학 때는 엄마가 들떠 있었는데 중학교 가니까 아버지가 큰 기침을 하시며

"노트 좀 보자."

하신다

"책 말고 노트?"

- 나는 책이 더 좋은데.

"요즘 영어 뭐 배우냐?"

"오늘 숙제는 뭐야?"

관심이 많으시다. 밥상 위에 영어 노트를 펴놓고 숙제를 하던 나는

"응, 영어!"

"그냥 알파벳 대문자, 소문자 필기 해오기야. 거의 다 했어."

"어려운 건 없고?"

"어려운 게 뭐 있어, 점선 따라 그리는 건데."

"봐! 다 했어!"

내가 보기엔 예쁘게 썼는데 좀처럼 칭찬은 안 하시고 들여다보기만 하신다.

- 칭찬 안 하나?

하고 장을 자꾸 넘기면서 보여 드려도 칭찬이 안 나온다.

- 아빠는 나에게 기대가 크신가 보다.

- 이 정도면 누구보다 잘 썼는데.

"책 좀 읽어 봐!"

"아이 고우 투 스쿨" 읽기 시작했다.

"하우 아유."

"아이엠어 보이, 유아 어걸."

"무슨 뜻인가 하는 건 안 배우고?"

"응 그건 아직 안 배웠는데!"

"음~."

"식사들 해요!"

엄마 때문에 아버지의 잉글리시 티칭은 끝났다.

- 명란 찜과 장조림, 김은 언제 먹어도 맛있는 반찬이다.

중학교에 가서 그렇게 입고 싶었던 곤색 교복을 입게 됐다. 그건 금방 살 수 있는 게 아니다.

계동, 명동, 안국동 쪽에 있는 학교의 학생 수가 어마어마하게 많았기 때문에 그렇다. 우리 교실에서 교복의 치수를 재어가고 찾는 건 무궁화, 한성, 미모사 등등 종로의 교복 집으로 직접 가서 받아 오는 거였다.

안국동 로터리 밑으로 화신 백화점까지 쭈욱 교복집이다. 스커트만 미리 받아서 상의는 각자 T셔츠나 스웨터를 입고 학교에 다닌다.

한 벌을 다 입으면 좋겠는데 스커트만 먼저 나오고 상의 교복은 좀 시간이 걸린다고 한다. 다른 학교는 어떤지 모르지만 우리 학교는 그랬다.

얼마 후 상하의 다 갖춰 입게 됐고 깃에 하얀 '카라'도 붙였다.

세탁할 때는 떼어서 깨끗하게 풀을 약간 먹여 빳빳하게 다려 입고 다녔다.

여름에는 스커트는 그냥 입고 위는 하얀 반팔 교복이다.

허리에 다트가 있어서 입으면 날씬해 보이는 멋진 교복을 중3 때는 여름에도 다른 아이들처럼 반팔을 입지 않고 긴팔 교복을 따로 맞추어서 입고 다녔다.

실내화는 빨수록 더 하얘진다는 오리표 실내화였는데 세탁은 방과 후 내가 직접 빨아서 관리했다.

비눗물만 잘 빠지면 정말 눈부시게 하얀 실내화를 햇빛이 없고 바람이 잘 통하는 곳에 세워 두었다.

잘 마른 실내화는 학교에 가지고 가서 뒷목을 꺾어 신고 다녔다. 유리창에 내 모습을 비춰 보면서….

군산 작은할머니는 큰아들 장가가면 준다고 장위동에 집을 한 채 사 두셨다.

가끔 빈 집을 보고 가지만 사람이 살지 않고 집을 비워 두니 집 꼴이 안 된다고 해서 마침 여름방학이니 동생들과 나는 그 집을 봐주러 장위동에 갔다. 며칠씩 있다가 문을 잠그고 집으로 오곤 했다.

장위동 집에서는 방학숙제도 했지만 부엌에 있는 곤쟁이젓갈(토하젓보다 더 작은 새우젓)이 너무 맛있어서 물 말은 밥에 그 곤쟁이젓 하나면 다른 반찬은 아무것도 필요하지 않았다. 너무 맛있어서 장위동집 가자고 하면 망설이지 않고 가방을 챙겼다. 우리 집은 왜 그 곤쟁이 젓을 안 사는지…. 엄마는 그 맛을 알기나 하는지….

개학하고 학교에 가서 정애선과 친해졌다. 방과 후 원효로에 있는 정애선 집에 전차 타고 갔다. 정애선 집엔 텔레비전이 있다. 그것 좀 켜 보라고 하니까 낮에는 안 나오고 저녁에만 나온다고 해서 못 보고 대신 정애선 피아노 레슨하는 데 따라갔다.

예쁜 여선생님이 계셨는데 엄마와 둘이서 산다고 했다. 피아노 배우는 걸 보고 있는데 선생님 엄마가 사과를 깎아 오셨다. 그리고 여선생님은 나에게도 피아노 쳐 보지 않겠냐고 한다. 건반을 눌러보니 소리가 맑고 예뻐서 나도 배우고 싶어졌다.

공부처럼 오래 가르치는 것도 아니고 선생님이 한 번 치고 설명하면 그 부분만 계속 연습하는 거였다. 별로 어려워 보이지도 않고 소리도 너무 예뻤다.

집으로 와서 엄마한테 오늘 있었던 일을 얘기하니 그렇게 하자고 해서 나도 '바이엘'을 허리춤에 끼고 피아노를 배우러 다녔다.

전차 타고 다니는 것도 재밌고, 피아노 책을 옆에 끼고 다니는 게 나는 좋다.

학교책보다 훨씬 큰 책을 가방도 없이 들고 다니면. 사람들이 저건 무슨 책인가 궁금해 할 것도 같고 피아노책인줄 알면 부러워 할 것도 같다.

그게 친구 집에서 노는 것보다 재미있어서 피아노 레슨 시작한 날부터 정애선 집에는 안 갔다.

'체르니' 시작할 때까지 다녔다.

선생님 엄마는 꽃밭에 색색의 얌전한 꽃들이 가득한 시멘트로 된 마당에 항상 물을 뿌리고 꽃들을 돌보셨다. 어느 날 물도 안 뿌린 마당에서 활짝 열어 둔 선생님 엄마 방이 보이는데 웬 아저씨가 선생님 엄마 무릎을 베고 누워 있다.

선생님 엄마는 부채질을 천천히 해 주고 있다. 모녀가 사는 집 댓돌에 새까만 큰 구두는 좀 낯설었다.

피아노 치는 내내 저게 무슨 일인가 하고 생각한다.

이상한 건 내 표정뿐이고 그 집 엄마나 선생님이나 평소보다 훨씬 웃음소리가 높아졌다.

갑자기 없던 아버지가 생긴 것도 아닐 거고 어린 마음에도 저 아저씨 분명 다른 집 아버지 일거라는 생각에 예쁘게 살던 선생님과 어머니가 갑자기 불쌍해졌다.

나는 자꾸 그 안방을 흘깃흘깃 보다가 집으로 돌아와서 엄마한테 말했다.

우리 엄마는 동네 철물점으로 레슨을 옮겨 주었다.

"원효로까지는 너무 멀다고 항상 생각했다. 바로 길 옆에 철물점 젊은 부부가 하는 곳에 피아노 레슨 간판이 있더라. 그 집으로 다녀라."

그렇게 해서 아래층은 철물점이고 이층 다다미방에 피아노가 있는 곳으로 피아노 치러 다녔는데 이상하게 전에 다니던 곳보다 갑자기 재미없어졌다.

가르쳐 주는 건 똑같고, 나 혼자 밖에 없어서 더 조용하고 시간도 얼마든지 칠 수는 있었는데 선생님은 나한테 피아노 가르치는 것보다 남편 돕는 일에 신경을 더 많이 쓰는 것 같다.

친구보다 더 잘 쳐서 칭찬받고 싶던 마음도 없어지고 괜히 손가락이 잘 돌아가지 않았다.

"4749"

"4914"

이건 아버지가 가지고 계시던 승합차 번호다. 버스보다 비싸고 택시보다는 싼 중간 형태의 운송기관인데 노선을 다니는 차였다.

학교 가는 버스를 타야 하는데 사람이 너무 많아서 타지를 못하고 (콩나물시루 같다고 해야 하나?) 할 수 없이 승합차를 탔다. 내릴 때는 돈을 운전수에게 직접 내는 건데 돈을 안 받고 자꾸 아저씨가 웃길래 보니까 소씨 아저씨다.(아버지차!) 덕성여중에 배정되어 안국동에서 내려야 한다. 내려서 차 번호를 보니까 "4749"

- 이 차가 그 차였나?

인사도 못하고 등교하는 학생들 속으로 들어가서 덕성여중 가는 골목길을 따라 걷는다.

길 입구에 풍문여고가 있고 길 끝으로 경기중고등학교가 있다. 그러니까 이 길은 거의 학생들만 다니는 길이다.

등굣길에 기다란 그 길을 걷는 게 좋다. 차에서 내려서 교문 앞까지 걷다 보면 학교에서의 오늘 하루가 기대되고 어제 일과 더불어 오늘 일과를 생각으로 대충 정리할 수 있는, 긴장하며 걷는 이 길이 좋다.

하교 때는 좀 해이해져서인지 아침과 같은 긴장감이나 기대감은 없다. 같은 길인데도~.

- 학교 가는 준비운동!

남학생들이 지나가지만 아무도 그 남학생들 때문에 불편해 하는 사람은 없다. 오히려 안경 낀 학생이 많던 경기중고등학교 남학생들이 고개를 숙이고 더 조용히 걸어간다. 행여 우리들에게 부딪치지 않으려고 조심하며 다니는 것 같다.

- 그때 덕성을 극성이라고 했다니까.

교문에는 주번들이 양쪽으로 서 있는데 들어가면서 저렇게 일찍 나와서 서 있으려면 도대체 몇 시에 등교를 했나, 하고 언제나 생각한다.

잃어버린 시절

③

사진 찍기

교문에는 변자영(모델) 언니가 빨간색 코트를 입고 있던 일이 있다. 곤색 교복만 입는 교정에 빨간 코트는 전교생 눈에 띄었다. 얼굴도 하얗고 예쁘다.

학교 가는 건 즐겁다.

교정의 고급스런 꽃향기도 좋고, 물기를 머금은 듯한 깨끗한 벽돌 길을 걷는 것도 좋다.

덕성여중 운동장은 하얀색이다.

나무 밑 벤치에 앉아서 넓은 운동장을 바라보며 운동장 왼편에 한옥으로 지은 음악실에서 흘러나오는 합창 소리를 듣는 것도 감미롭다.

여선생님들은 주로 한복을 입으셨는데, 치마 길이는 무릎 밑으로 약간 내려오는 기장의 꽃무늬가 있는 짙은 색의 치마였다.

까만 출석부를 옆에 끼고 슬리퍼를 신고 다니시는 선생님들은 수녀님들처럼 단아해 보인다.

　점심시간은 사진 찍느라 분주하다. 사진사가 항시 사진기를 메고 서 있다. 어떤 애들은 1교시, 2교시 중간 중간 쉬는 시간에도 수시로 사진을 찍었다. 사진은 며칠 후에 아저씨가 주었다. 전교생을 찍는 거라 한가할 틈이 없다. 안 찾아가는 사진은 게시판에 붙여 놓기도 했다. 그렇게 사진을 찍는다는 것도 나중에야 알았지만.

　화장실 갔다 오는데 아이들 소리가 요란 하길래 가봤더니 우리 학교 학생들 사이에 가장 인기 있는 국어 선생님을 놓고 서로 사진을 찍겠다고 아우성이다. 맨 처음 한 아이가 선생님 손을 잡고 교장실 앞 창문 앞에 백장미가 탐스러운 화단에서 사진 찍기 위해 서 있는데 포즈를 취하는 시간에 비해 기다리는 아이들이 너무 많았다.

　그때부터 한 사람 한 사람 끼어들어 가지고 화단이 망가지고 아이들이 넘어지고 난리가 났다. 그 국화꽃 같은 국어 선생님도 얼굴이 빨개 가지고 난처해졌는데 사진사가 부득불 다시 정리를 하느라 소리를 질렀다. 그 바람에 아이들이 모두 흩어졌다.

　선생님 혼자 우두커니 서 있고 사진사가 다시 "빨리 서!" 하는데도 이번엔 아무도 나서지 않는다.

　- 삐친 거지!

　선생님은 단체 사진이든 개인 사진이든 한 장 찍어야 그 곳을 떠날 수 있었다.

　그때,

내가 쏙 들어갔다. 쪼그리고 앉아 있는 선생님 옆에 나 혼자 섰다. 선생님은 용감한 내 얼굴을 한 번 쳐다보고 웃고, 나는 나 땜에 웃고~~.

찰칵, 하는 소리와 함께 수업 시작을 알리는 벨소리가 울렸다.

언니들의 연극

3층 강당에서 연극을 한다고 모두 모이라고 한다. 고등학교 언니들의 연극이다. 낮인데도 두꺼운 커튼을 쳐 놓으니 극장처럼 깜깜해졌다. 문을 열고 들어가다 넘어질 뻔했다. 그렇게 깜깜한데도 사람이 강당에 가득 찼다.

- 언제들 왔지?

그때서야 불빛이 밝은 무대 쪽을 보고 깜짝 놀랐다.

언니들은 머리에 노랑! 아주 털실 같이 노랑머리로 파마를 했는지, 예쁘게 컬이 된 노랑머리를 하고 만화에 나오는 복장을 입고 있다.

모두 인형 같은데, 움직이는 사람이다.

어쩌면 사람이 저렇게 될 수가 있을까?

눈이 커지고 입이 다물어 지지가 않는다. 나는 보는 순간 내 몸이 공중에 떠 있는 것 같았다.

'올드 블랙죠'

연극 제목이다.

흑인들의 얘긴데 스토리보다 무대, 조명, 의상, 분장, 그 자체에 눈이 박혀 무슨 소린지 말은 들리지도 않고 들어도 무슨 소린지 모르겠다. 무대 보는 것만으로 몇 시간을 본다 해도 지루하지 않을 것 같다.

세상에 무슨 이런 모습이 있나?

움직이는 인형처럼 모두들 예뻤다.

나도 발레를 한다

특별활동으로는 발레 반에 들어갔다.

처음 입어 보는 딱 달라붙는 까만 타이즈가 신기했다. 뚱뚱하고 작은 아이들도 그걸 입었는데, 누구나 타이즈만 입으면 귀여워 보인다.

무엇보다 발레를 배운다는 것이 설레인다. 가죽으로 된 분홍 슈즈도 사야 되는데 타이즈만 입는 것으로도 만족했다.

분홍 가죽 슈즈는 부모님께 사달라고 조르면 학교에서 필요한 거니까 사주실지도 모르지만 큰딸로서 너무 낭비라는 생각도 들어서 그냥 실내화를 신고 배웠다. 거의 모두가 분홍 가죽 슈즈를 신었다. 사이즈가 안 맞는다고 꼭 맞는 걸로 바꿔 달라느니, 너무 꼭 끼어서 발이 아프니 다른 걸로 바꾼다느니 불평들도 많다. 아이들이 시간 내내 발에 신은 슈즈를 들여다보는 동안 나는 가늘고 긴 팔을 쭉쭉 뻗어 보았다. 내 팔은 점점 더 길어지는 것 같다. 선생님 구령은 잘 들렸다.

"자! 팔을 쭉 뻗고, 손끝에 시선을 멀리 두세요!"

음악실

음악시간은 이동수업을 한다.

음악 선생님은 오페라 가수처럼 빨간 두꺼운 입술에 루주를 항상 빨갛게 바르시고, 미스코리아 머리를 하고, 화려한 의상을 입으셨다. 정말 한옥의 음악실과는 아무리 맞추어 보려고 해도 안 맞았다. 너무나 화려한 음악 선생님!

발성 연습 때조차도 목소리는 내지 않고 피아노 건반으로만 수업을 하셨다. 그래도 수업이 진전이 있는 걸 보면 실력이 있으시다.

외국에서 활동하다 우리 학교에 특별히 인연이 있어 오신 거라는데 피아노 건반만으로도 점점 좋아진다는 걸 모두가 다 알 수 있게 합창의 하모니가 아름다웠다. 선생님이 목소리가 아닌 손가락으로 우리 모두를 성악가가 된 것처럼 만드셨다. 합창이 너무 아름다워서 서로를 다시 쳐다보게 했다. 우리가 이렇게 아름다운 소리를 낼 수 있다니… 신기했다.

이 모두를 그대로 무대에 올려도 좋을 만큼 아름다운 화음이 만들어지고, 음악 시간엔 숨소리도 안 날정도로 모두가 집중했다. 아무리 그래도 세계적인 성악가 음성도 좀 듣고 싶다.

"선생님 목소리 듣고 싶어요~."

"노래 한 곡 불러 주세요~."

아무리 졸라도 음성은 들을 수가 없다.

"여기서 부르면 음악실이 터져 나갈까 봐 못하나?!"

"우리나라에서는 시민회관에서나 부를까! 나중에 들을 기회가 있겠지."

한 분야에서 최고가 되면 그 부분만이 아니라 몸 전체에 그 최고의 기가 흐르는 것 같다. 음악 시간에 성악가이신 분이 음성이 아닌 손가락 하나로 그 기를 보내 반 전체를 어느 수준에 올려 놓고 있다. 어느 시간에도 느낄 수 없는 감동이다. 최고의 기는 이렇게 사람들에게 좋은 영향을 줄 수 있다!

자기가 가지고 있는 능력의 200%를 쏟아도 부족한 시간이 있는가 하면 자기 능력의 20%만 가지고도 영향력을 널리 발휘할 수 있는 시간!

시간과 노력이 더해서 세상과 나의 밸런스를 맞추어 가는 것! 그것이 최고의 인생인 것 같다.

세계적인 성악가라는 음악 선생님은 우리에게 목소리 한 번 들려주지 않고도 우리 반 음악 실력을 올려 놓았다.

무엇으로? 손가락 하나로!

그 손가락은 그 선생님의 노력뿐이 아니고 그 부모 그 조부모의 정성과 노력이 모여져서 탄생된 것이다.

상황은 언제나 밸런스를 요구한다. 지금 이 상황은 완벽한 밸런스를 이루었고 더 이상 누구도 불평불만 없는 만족한 밸런스다.

평범했던 우리 반 전체가 만족한 화음을 이룬 이 성과는 선생님의 손가락 하나에 걸린 이쪽의 완성도와 선생님 조부모의 기대와 부모님의 도움과 선생님 자신의 노력으로 실력이 되어 완벽한 밸런스를 이룬다.

모두를 행복하게 하였다.

- 진정한 밸런스!

현상을 유지하는 것도 밸런스다. 시시각각 발생되는 사건도 삶을 좌우하는 것도 밸런스의 역할. 그렇게 상황은 언제나 밸런스를 요구한다.

자연도~

인간도~

사물도~

우리가 지향해야 할 것은 최고도 최선도 아닌 밸런스가 아닐까?

밸런스가 이루어졌을 때 모두가 평화로워지니까.

기와 에너지중 에너지는 바로 쓸 수 있는 힘이고 기는 인연이 닿아야 발휘되는 힘이다. 의도된 노력에 의한 성공은 필히 선조들의 도움과 정성이 포함되어 있다. 그건 '기도'도 마찬가지다. 어떠한 형태의 기도든지 정신적 노력과 집중에는 선조들의 정성이 기반이 되고 그래서 기도가 나만의 기도가 아닌 선조들의 기도까지도 포함된다. 따라서 기도로서의 성공도 선조들의 도움과 정성이 깃들어 있다고 본다. 내가 누구를 험담하면 그 조상들도 함께 욕을 먹는 게 되고 누군가 내 욕을 하면 우리 조상까지 욕먹는 상황이 되니까 단순히 너와 나의 관계에서 끝나지 않으므로 그 파장이 크다.

그러므로 나쁜 말은 해서도 안 되고 들어서도 안 된다.

차 조심만 할 것이 아니라 말조심도 중요하다.

운동장 조회

월요일 운동장 조회는 교장 선생님의 말씀이 길다. 교장 선생님의 마이크 목소리가 정말 예쁘시다. 성우 같다.

매끄럽고 똑 부러지고 콧소리까지 나서 얼마든지 들을 수 있지만 그 날은 다리가 아팠다. 교장 선생님은 당신도 마이크 목소리가 좋은 걸 알고 계셨던지 아무튼 교장 선생님은 말씀을 짧게 하실 때가 없다.

거기다가 교감 선생님의 훈시는 또 끝날 줄을 모른다. 이게 끝인가 하면 또 이어지고 또 이어지고….

학생들은 지루해하기 시작하고 발로 운동장 흙을 비비고 서 있다.

- 내 생각인데 맨손체조는 처음과 끝에 할 게 아니라 이렇게 지루할 때쯤 중간에 한 번 움직여주고 다시 말씀을 듣는 게 훨씬 효과적이다.

그 날은 또 상 받으시는 선생님들도 왜 그렇게 많은지 무슨 상인지 잘 들리지도 않는데 선생님들은 계속 올라가서 상 받고 인사하고 내려가고 하신다.

학생들 따로 선생님들 따로… 무슨 선생님들 모임 같다.

조회가 너무 길어지니까 길게 뻗어오는 햇빛 아래 서 있던 학생들이 하나씩 양호실로 실려 가는 일이 생겨난다.

그런데도 교감 선생님은 정신력이 약해졌다느니 자세가 안 돼 있다느니 소리까지 지르신다. 마이크가 쩌렁쩌렁 울린다.

전체가 불만 덩어리로 마지못해서 몸을 비틀고 서 있다가 마침내 조회가 끝났다. 끝에서 부터 한 반 한 반 교실로 입실이 시작되었다. 반 정도 빠졌을까? 하는데 갑자기 학생들이 웅성웅성거린다.

"어떻게 해!"

"어떻게 해!"

"그건 가 봐!"

"그거?"

줄이 반쯤 빠진 운동장 한복판에 무슨 물체가 하나가 뒹굴고 있다.

무언지 잘 안 보인다. 무슨 일이 생긴 것 같기는 한데, 사람은 아니고 그렇다고 쥐새끼 같은 동물 같지도 않고~.

무슨 뭉치 같은데 알 수가 없다. 학생들은 이동하면서도 모든 시선이 그쪽으로 가 있다. 뭘까? 무슨 일일까?

쓰러져서 양호실 간 사람보다 더 큰 사건이 되고 있는 이 상황.

선생님들은 남자 선생님도 여자 선생님도 그 자리에 그냥 그대로 서 있다.

처음으로 선생님들이 답답하게 느껴진 순간이다.

- 왜 가만히 있지?

운동장에 한 사람도 남지 않고 다 빠졌을 때 텅 빈 운동장에 바람까지 불어서 그 물체는 바람에 이리저리 뒹굴고 있다.

왠지 수치스럽기까지 하다.

교실로 들어가지 않고 모두 복도에 서서 보고 있다. 누구도 이 상황을 해결하지 않고 지켜보고 있다.

그때!

별명이 해골바가지(선생님 죄송합니다)인 한문 선생님(여자)이 항상 들고 다니시는 그 가늘고 긴 회초리를 들고 회초리처럼 가늘고 긴 몸을 휘청거리며 운동장 한복판을 가로질러 그 물체 쪽으로 걷고 있다.

그 앞에 서서 잠시 물끄러미 바라본다.

허리를 숙여 무엇으로 감싸 쥐었는지 그냥 손으로 집은 것 같지는 않은데 잘 보이지 않는다. 그 물체를 집어 들고 화장실 쪽으로 방향을 잡아 또 다시 걷고 있다.

전교생이 바라보는 운동장 한복판에서 해골바가지 선생님의 1인 마스게임이 벌어지고 있다.

그건 생리대였다! 두툼한 기저귀! 누군가 빠트린 거다!

학생들은 수근거리며 교실로 들어간다.

며칠 후 나도 생리를 시작했다. 빨간 그물처럼 생긴 생리 팬티도 샀다. 저번처럼 그렇게 빠질까 봐 입는 그물로 된 생리 팬티를 입고 그 위에 즈로스를 또 입는다.

바바리 출현

버터처럼 생긴 남자 영어 선생님이 수업이 끝나고 출석부를 챙기면서 둘째 손가락으로 나를 가리키며 웃으면서 "눈에 촤밍 포인트가 있어!" 하셔서 그게 무슨 칭찬인 것 같은데도 내 얼굴에 그 영어 선생님 침이 다 튀긴 것 같은 기분이 들었다.

영어책을 가방에 넣으려는데 교실 뒤쪽 창문에 아이들이 다 붙어 있다.

우리 교실은 이 층이고 이 교실이 있는 건물 건너편 담 너머는 교회다. 우리 교실 이 층 창문까지 올라온 백송나무 가지 너머로 보이는 건!

교회 모퉁이를 잡고 어떤 남자가 붙어 있다. 아이들은 "어머머" 하면서도 계속 보고 있다. 자기 자리로 돌아가는 사람은 없다. "뭔데?"

나도 비집고 들어가서 봐도 잘 안 보이지만 남자 혼자 벽에 붙어 있는 게 뭐 그리 대단한 일이라고? 자리로 돌아와 앉았다.

- 도대체 저게 뭐라고?

다시 가서 봐도 똑같다.

"저게 병 이래 병."

"병이니까 저러지."

무슨 나쁜 짓인가 보다.

하여튼 예쁜 짓은 아니긴 한데 아이들 반응이 심상치 않다.

계속 아이들은 창문에 몰려서서 조용히 보고 있다. 다음 시간

수업을 위해 선생님이 들어 오셨는데도 "후다닥" 자기 자리로 돌아와 앉을 뿐! 교실이 발칵 뒤집어진 그 일을 선생님께 말하는 애는 없었다.

그냥 아무렇지도 않은 채 시치미들을 뚝 떼고 평소와 똑같은 공기로 수업을 받고 있다. 교실에 있던 모두가 인정한 잘못된 일! 남이 잘못했던 자기가 잘못했던 그 장면을 본 것만으로도 공범이 되어서 그냥 침묵하고 넘어가고 있다. 백송나무 가지에 걸린 이쪽과 저쪽 사람은 그랬다! 모든 걸 다 말할 수는 없다.

내가 원했든 원치 않았든 행동한 그쪽 사람과 이쪽의 구경꾼들은 똑같은 무게로 백송나무 가지에 걸려 있다.

똑같은 밸런스로!

영어 선생님을 꼬집은 아이

어느 날은 수업을 마치고 교실 문을 나가려는 여선생님 뒤에 아이들이 우르르 몰려들었다. 좀 밀치나 싶었는데 선생님이 갑자기 "휙" 뒤돌아서서 얼굴이 일그러지도록 고함을 쳤다.

"누구야!"

다 뒤돌아와 자기 자리에 앉았다.

"다들 눈 감아!"

그렇게 화나신 건 처음 봤다.

순간 우리 교실은 누군가 범인을 잡아야 하는 상황이 되었고 모두는 그대로 눈 감고 기다려야 했다. 살짝 눈을 떠서 옆을 보니 다들 눈을 감고 있다. 나도 꼭 감았다.

"다들 눈감아!"

- 감았는데.

숨소리도 안 나게 30분은 넘게 그러고 있었나 보다.

그사이 교실 문 앞에 오신 선생님과 그 여선생님은 잠깐 얘기하시고 들어오시더니

"잘못했다고 생각되는 사람은 조용히 손을 들어!"

"내려."

- 누가 바로 들었나 보다.

출석부를 탁자에 탁탁 치시더니

"지금 손든 사람은 끝나고 나한테로 와!"

- 도대체 무슨 일이 있었길래!

몇 시간째 그 생각만 하고 있다.

종례시간에 담임 선생님 말씀이 명쾌했다.

"여러분."

"다들 궁금했지요?"

"OO 선생님 엉덩이를 꼬집었대요!"

"그 선생님이 너무 인형처럼 예쁘신데다가 레이스 달린 예쁜 옷만 입고 다니셔서 부러웠대요."

"다시는 우리 반에서 이런 일이 있어서는 안 되겠지요?"

"학생은 선생님을 존경해야 하고 그래야 선생님 또한 우리 학생들이 자식처럼 사랑스러운 거예요. 오늘 일은 다 잊어버리고 명

심하세요!"

"선생님을 존경한다!!"

"이만 끝. 자, 반장!"

담임 선생님은 반장을 향해 턱 끝을 올렸다 내리신다.

"차렷!"

"경례!"

- 아이 뭐야! 정말!

장군 같은 할머니

"할머니!"

"나는 정말 못 살겠어!"

가방을 마루에 내던지며 울었다. 방에서 뛰어 나오신 할머니는

"왜 그래!"

"무슨 일 있었어!?"

"어떤 남학생이 우리 학교까지 따라왔어!"

"내가 창피해서 죽을 뻔했어!"

"나를 뭐라 생각 하겠어 다들~."

"학교를 어떻게 다녀! 앙~ 앙!"

"어떤 놈이냐 내가 이놈을 그냥! 가만 두지 않겠다!"

"요절을 내야지!"

"누구냐!"

"어디 사는 놈이야!"

식구들이 다 나오고 수소문 끝에 아랫동네 공터마당 옆집에 사는 남학생이라고 밝혀졌다.

"어서 가 보라!"

동네에서 집을 찾아 가르쳐 준 아이, 우리 식구들, 할머니, 나 까지 쭉 서서 그 집 앞에 섰다. 벼락같이 할머니가 고함을 쳤다.

"어디 나와 봐라!"

"얼굴 좀 보게!"

할머니는 동네가 떠나가게 고함을 친다.

"어디 학생이 하라는 공부는 안 하고, 여학생 뒤꽁무니나 따라 다니는 속창아리 빠진 놈이 어떤 놈이냐! 나와 보라니까!"

"그 부모도 나와라!"

"자식을 고따위로 가르쳐!"

나는 이제 분이 다 풀렸다.

속이 시원하다.

한참을 할머니는 힘도 좋게 그렇게 고함고함 지르신다.

"그만해, 할머니."

"이젠 안 그러겠지."

"집에 가요, 그만."

식구들이 말려도 할머니는 단칼에 승부를 내겠다는 의지를 꺾지 않으신다.

그때,

대문이 빼꼼 열리고 그 집 누나가 나온다.

"할머니 그만하세요."

"남학생이 여학생 따라다닐 수도 있는 거지, 뭘 그렇게 역정을 내세요. 참으세요."

"뭐시라고?"

"따라다닐 수도 있어?!"

"누가 따라오라고 그랬어? 엉?!"

"사람이 공부할 때가 있고 연애질 할 때가 있지. 대가리에 피도 안 마른 것이 왜 하필 우리 애를 따라가서… 거기가 어디라고 학교까지 갔어!"

"원!쉰! 숭악하게!!"

"에이! 버르장머리 없는 것 같으니라고."

할머니가 더 펄펄 뛰니까 그 누나는

"잘못했어요, 할머니! 다시는 안 그런데요."

"지금 부끄러워서 못 나와요."

"원! 쉰! 숭악하게!"

"또 한 번만 그랬단 봐라!"

"동네에서 살지도 못하게 만들어 버릴 테니까!"

개선장군처럼 할머니는 우리 식구 부대를 이끌고 집으로 당당하게 돌아갔다.

그런데 그런 일이 있었으면 이제는 조용해져야 할 일이 아닌가.

숭문중학 다니는 남동생은 매일 편지를 받아온다.

"빨리 할머니 모르게 쓰레기통에 버려!"

"대문 앞 쓰레기통에 버리고 들어가!"

"할머니한테 들키지 않게~~."

아버지는 백지를 한 장 들고 오시더니 나를 부르신다.
"앞에 앉아 봐!"
아버지는 하얀 도화지 위에 삼각형을 크게 그리신 다음
"이건 산이다."
"사람이 산다는 건 모두 이 꼭대기에 올라가는 거야!"
"누구라도 다 올라가야 하지만 밑에서 아예 올라가지 않는 사람도 있고, 이렇게 중간에서 힘드니까, 더 올라가지 않고 쉬는 사람도 있고, 끝까지 올라가는 사람도 있어"
"너는 어떻게 할래?"
"꼭대기까지 올라갈래?"
"중간에 멈출래?"
"아예 올라가지 않을래?"
뭐라고 꼭 대답을 원해서 묻는 건 아닌 것 같다.
"음!"
"물론 꼭대기까지 올라가려면 힘은 들어. 힘들다고 올라가지 않고 주저앉으면 당장은 편할지 몰라도 혜택은 그만큼 줄어드는 거야! 물론 제일 편한 곳에 사람이 제일 많지! 그 다음으로 중간에 있는 사람도 꽤 많고, 그러나 꼭대기까지 올라가는 사람은 한두명 뿐이야. 그 사람은 올라오느라고 힘이 들었겠지만 정신력으로 이겨낸 사람이야! 남들처럼 편하게 앉아서 놀 수도 있었지만 좀 더 힘을 내서 성취욕을 맛보는 사람이야. 너도 꼭대기에 올라가야

잃어버린 시절

그 사람을 만날 수 있어! 밑에서 만나는 흔한 사람이 아닌 특별한 사람을! 그렇게 주저앉아 있는 사람은 별 볼일 없는 사람이야! 만날 필요도 없고, 만나서도 안 되지~.

많이 만나는 것보다 좋은 사람 하나를 만나는 게 중요해!

니가 밑에 있다면 그 사람은 만날 수 없어!"

김장하는 날

고등학교 가서는 모든 게 점점 여유로워지고,

김장하는 날.

우리 집 마당에 쌓인 배추는 100포기다.

그것도 거기에다 몇 포기를 더 얹어 받았다는 게 100포기보다 더 자랑거리였다. 방하나 크기만 한 배추 앞에 목욕탕에서 앉는 동그란 의자를 놓고 앉아 배추통 반까지 칼을 넣고 양쪽으로 잡고 쩍 갈라 놓는 일, 그건 내가 한다.

"잘하네, 제법!"

"보면 하는 거지 뭐!"

그러다가 칼에 둘째 손가락을 베었다.

바로 피가 올라왔지만 꾹 누르고 아닌 척했다. 엄마와 고모 이모는 소금물 풀어 절이고 소금 뿌리고 양념 다듬고 씻고… 거의 다 세 분이 한다.

할머니는 마루에 앉아서 감독하시고

"칼 어디 있지?"

"채칼 어디 있어?"

"수세미는 어디로 숨었지?"

찾는 건 할머니가 앉아서 다 찾아준다.

"고춧가루는 저기 있고, 파는 여기 있고."

아버지는 부엌에서 탕수육을 만들어 주신다고 지금 1시간째다.

오며가며 엄마는

"그게 될라나?"

조바심이다.

"오빠! 탕수육이 아니라 김장하는 날은 떡 해먹어야 돼!"

"떡 먹고 싶어!!"

장미 도둑

아침에 우산 없이 등교했는데 집에 가는 버스를 탈 때 빗방울이
떨어지더니 아현동쯤에서는 차창으로 빗줄기가 부딪친다.

  - 어쩔 수 없이 비를 맞고 가겠구나.

하고 버스를 내렸다.

동교동까지 가야 할 윤옥이라는 친구가 따라 내린다.

"너 왜 여기서 내려?"

"우리 비 그친 다음에 가자!"

버스 정류장 바로 앞은 분식집이다.

"이 비가 그칠까?"

"그치지."

"여기, 라면 2인분이요!"

보도블록 위로 빗방울을 튀기며 내리는 비를 바라보고 앉아 있는 우리 앞에 라면 두 그릇이 나왔다.

꼬불꼬불한 것이 오글 붙어 있다.

라면은 처음 먹어 본다. 후후 불며 후루룩 마셔 본 국물은 처음 맛보는 맛이다!

국수도 아니고 우동도 아닌 것이 꼬들꼬들 하며 쫄깃하고 구수하고 담백했다.

기름내가 살짝 나고 노리노리한 맛있는 라면을 국물까지 다 먹었다.

배부르다.

뱃속이 따뜻해진다.

기분이 환해지고, 비도 그쳤다.

갑자기 윤옥이 하고 친해졌다.

- 라면 때문에.

"저녁에 너희 집으로 시험공부하러 갈께!"

"그래!"

"잘 가! 이따 봐!"

동교동 집들은 넓직 넓직하다. 시골일 거라고 생각했는데 집들은 크고 좋다.

윤옥이와 헤어진 이유

안방에서 공부를 하다가 윤옥이가

"우리 무 뽑아 먹으러 갈래?"

한다

"무를 뽑아 먹어?"

"응! 따라와 봐!"

윤옥이 신발장에서 칼 하나를 들고 나서는데 나는 뒤에서 배꼽을 잡고 웃는다.

"밤중에 칼 들고 나서니 무섭다, 애!"

내 말에 윤옥이도 자기 손에 있는 칼을 보더니 "그러네!"하며 웃는다.

밖으로 나오니 밤공기가 시원하다. 어두워서 잘 보이지도 않는데 윤옥이는 밭에서 무를 뽑더니 껍질을 벗겨 먹으며 나에게도 먹으라고 내민다. 둘이 밭에 서서 무를 사가사각 먹고 있다.

"맛있다!"

"응!"

"그러나 저러나 이게 무슨 귀신같은 짓이냐? 이 밤에."

주위를 둘러보니 어느 집 담장 위에 아주 흰색은 아닌 밤에도 어슴푸레 연분홍색이 보이는 장미가 주먹만 한 꽃들을 달고 기다란 담 위에 쏟아질 것처럼 많이 피어 있다.

예쁘고 큰 장미가 이렇게 많이 피어 있는 건 처음 본다.

"어머머! 이 향기 좀 봐!"

"애 윤옥아, 이 향기 좀 맡아 봐!"

"응, 좋네!"

"앗, 따가워!"

만지려하니 가시가 보통이 아니다.

비온 뒤라 그런지 밤공기도 상쾌한데 장미 향기까지 더하니

"애, 나 이 장미 향기 때문에 쓰러지겠다."

"쓰러지지는 마!"

"이 꽃 좀 꺾어 가자!"

"안 되겠다 따가워."

"너 꺾어 봤자 우리 집에 놓고 갈 거니까 안 꺾는 거지?"

"나 그렇게 머리 안 좋아!"

"아냐, 내가 집에 가서 가위 가져올께!"

"빨리 와, 나 무서워!"

바람같이 잽싸게 갔다 온 윤옥이는 가위 두 개를 가져왔다.

신이 나서 장미를 딱!딱! 자른다. 나는 장미 향기 때문에 숨만 쉬고 있다.

"이 향기 너무 좋지 않니?"

"향기 그만 맡고 빨리 잘라!"

"빨리 빨리 잘라!"

아무리 빨리 잘라도 가시 때문에 그렇게 빨리 자를 수는 없었다.

성이 찰 때까지 꺾어 가지고 한아름씩 됐다. 그렇게 많이 꺾었는데도 얼마나 장미가 많은지 표시도 안 난다.

"주인한테 들키면 우린 죽는다!"

"빨리 가자."

장미를 한아름씩 안고 미끄러지지 않게 조심하며 내려왔다. 어
둡기도 하고 누가 뒤에서 목덜미를 확 잡아 챌 것 같아 무서웠다.

밝은 집으로 들어와 문을 잠근 다음에야 마음이 놓인다. 집안에
장미 향기가 확 퍼졌다.

"빨리 하자, 너무 늦었다!"

방으로 들어가 다시 상 앞에 앉았다.

"아이, 왜 두 개를 다 외우래?"

"시험엔 한 문제만 낸다면서."

"이렇게 하자 두 개 다 외우지 말고 너는 if만 외워. 난 that만 외
울게. 어떤 게 나올지 모르지만~."

윤옥이 소리 내어 읽다가 멈추고

"야! 사전으로만 두 페이지야. 이걸 어떻게 다 외우냐?"

"근데 that은 4페이지야."

"설마 이걸 다 외울 수 있을 거라고 생각한 건 아니겠지?"

"장담 하건데 that까지 외워 올 수 있는 사람은 아무도 없다"

"숙제도 아니고 시험에 나온다는데 어떻게 안 외워. 분명 다 외
워오는 독종도 있을걸!"

"너 할 수 있으면 해 봐!"

"그러니까 빨리 외우자!"

"줄 그으면서 외워~"

"너 어디까지 했니?"

"어우 지겨워~."

"야, 우리 두개 어차피 다 못 외우니까 우리는 if만 확실하게 외워 가자!"

"둘 중에 하나 나온 됐으니까 운 좋으면 만점이고 that 나오면 어쩔 수 없지. 어차피 우리는 이거 다 못 외운다."

"하나라도 확실히 외워 가자구."

"그게 함정이야. 우리처럼 생각하고 다 if만 외워올걸? 그러다 that이 나오면 어쩔 거야? 분명 that이 시험에 나온다."

"그럼 넌 that 외워. 난 if 외울 테니까. 하나라도 확실히 해야지. 이도 저도 아닌 건 아니지 않나?"

"알았어!"

"내가 선생이라면 that을 쓸 수 있는 학생은 if는 물론 공부했을 거야…라고 생각해서 that을 외우다가 다 못 외워도(어차피 시험지에 다 쓰지도 못할 거니까) 점수를 주겠어!"

"물론 if가 나와도 난 that 외운 데까지를 글씨를 크게 해서 시험지에 꽉 차도록 쓸 거야!"

점심시간 때 도시락을 먹으면서 윤옥이가 말한다.

"우리 반지 맞추자!"

"너하고 나하고 둘이 똑같은 걸로."

"반지를?"

"응!"

"나도 반지 좋아하는데."

"끝나고 금은방 가 보자."

"그래!"

빨리 끝나라!

빨리 끝나라!

우리는 금은방으로 갔다. 여러 가지 모양 중에서 아무 모양 없는 직사각형의 납작한 모양으로 정했다.

"지금 돈 다 내야 돼요?'

"지금은 계약금만 조금 내시고 찾을 때 나머지 내면 돼요!"

주문서에 쓰여 있는 대로 날짜에 맞추어 가서 반지를 찾았다.

"너무 예쁘다!"

사이좋게 끼우고 다닌다.

금반지 반돈 짜리로… 얼마나 예쁜지….

그렇게 사이좋게 잘 지내다가 전화기 때문에 서먹해졌다.

안방에서 같이 책을 읽다가 윤옥이가 화장실 간 사이에 전화가 왔다. 벨이 계속 울리는데 아무도 전화를 받지 않아서 내가 전화를 받다가 줄이 잘못 엉키는 바람에 전화기가 탁자 밑으로 떨어졌다.

줄은 당겨지고 전화기 모서리가 약간 깨졌다. 방으로 들어오던 윤옥은 얼굴이 사색이 되었다.

"어떻게 해!"

"이거 얼마나 비싼 건데…."

"난 몰라! 어떻게 해!"

난 또 윤옥이가 그렇게 호들갑떠는 모습은 처음 본다.

여태까지 보던 모습이 아니다. 전화기를 만져 보다 났다, 만져 보다 났다 하더니 손으로 얼굴을 가리고 운다. 우리 집에 전화기가 없어서 그렇게 중요한 물건인 줄 몰랐다.

- 그냥 전화기가 있구나.

그렇게만 생각했는데….

나는 무안하고 낭패스럽고, 어찌할 바를 몰랐다.

윤옥이와 내가 고무줄이 늘어나는 것처럼 멀어지는 것 같았다.

"울지 마, 집에 가서 엄마한테 말해서 사다 놓을게! 미안해~"

했다.

그래도 윤옥이는 계속 울고 있다. 나는 스카치테이프를 찾아서 깨진 전화통 모서리에 붙였다.

"그게 그런다고 붙니?"

"뭐, 그래도 그냥 흉하니까 우선!"

그러고 있는데 외출하셨던 윤옥이 엄마가 방으로 들어오신다.

"왜 울고 그래?"

"제가 전화기를 깨트렸어요!"

"그래서 그래요."

그러자 윤옥은 또 전화기를 만져 본다. 뚫어져라 보고 다른데도 살핀다.

"스카치테이프로 감아 놨네!"

"네, 제가 우선 그렇게 했어요"

"내일 사 올려구…."

"아유, 전화기는 또 사면 돼지, 얼마나 한다고 괜찮아!"

"다 큰 게 울긴 뭘 울어."

"전화통이 비싼가, 전화번호가 비싸지. 괜찮아, 괜찮아. 울긴 왜 울어."

윤옥은 그제야 울음을 그친다.

"그래서 친구 앞에서 그렇게 울었어?"

하시더니 "쿡쿡" 웃으신다. 어머니가 다독여서 겨우 사태가 수습되고 난 집으로 왔다.

내가 놀다가 집으로 갈 때면 동교동에서 우리 집까지 같이 버스 타고 바래다 주고 나는 또 가방 놓고 다시 버스 타는 데까지 바래다주고… 그렇게 사이좋던 우리는 그 사건 때문에 전화기처럼 깨져 버렸다.

학교에서 만나도 서로 서먹서먹하기만 하다. 전화기는 왜 깨졌고 윤옥이는 왜 그렇게 무안하게 울어댔는지….

가슴이 멍해지면서 서운하다.

그 후 우리 집도 전화기와 텔레비전을 샀다.

'개구리 남편'이라는 김혜자, 김세윤 주인공의 아침 드라마는 우리 가족들의 즐거움이었지만 텔레비전 앞에 모두 모여 앉아 아무 말 하지 않고 보고만 있는 건 좀 웃기다. 전기세 많이 나온다고 드라마가 끝나면 못 보게 했다.

앞줄에 앉은 공부 잘하는 아이들이 나에게 '미인회화'에 나도 들어오면 좋겠다고 하는데 나는 괜히 금방 승낙하기 싫어서

"아, 나는 펜팔 하기 때문에 따로 미인회화는 하지 않겠어!"

하고 거절했다.

누가 뭘 하자고 하면 우선 거절부터 하는 습관은 왜일까?

좀 알아봐야 하는 성격이다 나는!

덕수궁에서

다른 친구들 하고 몰려다니면서 덕수궁에 놀러갔다. 사복을 입고. 덕수궁은 친구들과 가끔 갔는데 가을이라 노란 원피스를 입고 갔다.

좀 걸었다고 벤치에 앉아서 쉬고 있을 때 베레모를 쓴 키가 작은 남자가 다가오더니 기다란 카메라를 내밀면서 저 나무 아래에서 사진 몇 장 찍게 해주면 안 되겠냐고 한다. 친구들은 가만히 있고 그 사람은 계속 서서 기다리고, 침묵만 흐르는데 나는 얼른 일어나서 은행나무 옆에 섰다. 한 장 찍고 또 찍고

"잠시만요."

하더니 조심스러워 하면서도 계속 찍는다.

"됐어요?"

"네, 감사합니다."

"사진 나오면 보내 드릴 테니 주소 좀 가르쳐 주세요."

수첩과 볼펜을 내민다.

- 주소까지 가르쳐 줘도 되는 건가?

물어보려 친구들을 보니 벌써 저만치 건물 계단을 다 올라갔다.

- 아니 지네들 대신해서 사진 찍고 있는데, 나만 두고 지네들만 가?!

먼지 나도록 뛰어 친구들에게 갔다.

"나 혼자 두고 그냥가면 어떻게 해?!"

놀라서 친구들 하마터면 잃어버릴 뻔했다고 어리광 부리듯 말

하는데도 친구들은 냉담하다.

- 왜들 저러지?

- 내가 뭘 잘못한 건가?

그 아저씨는 쓸데없이 사진은 찍자고 해가지고 나만 친구들한테 미움 산 것 같다. 친구들은 대꾸도 잘 안 한다.

다시는 덕수궁에 가지 않았다.

선이의 남자친구

선이가 서울역에 자기 남자친구가 부산에서 오니 같이 마중 나가자고 한다.

"내가 니 남자친구 오는데 왜 나가? 싫어!"

"같이 가자, 혼자 가기 심심해."

"그럼 가지 마!"

"나 보러 온다는데 어떻게 안 나가! 같이 가자."

"가 봐, 그럼."

버스를 타고 서울역에 왔다.

선이 남자친구는 바로 만났다. 둘이 보는 순간 배시시 웃으며 서로 다가간다. 나는 그 순간이 너무 창피하다!

나는 서울역에 있는 커다란 기둥 뒤에 숨었다.

둘이 만나서 웃다가 나를 찾나 보다. 두리번거리다가 나를 보자

선이는 눈이 안 보이게 웃으며

"너 거기 왜 숨어 있니?"

"몰라, 내가 부끄러워."

"뭐? 니가 왜 부끄러운데!"

"몰라, 저리 가! 나간다!"

하고는 뛰어서 도망 나왔다.

혼자서 버스 타고 왔다.

수업시간 내내 책상에 엎드려서 잠만 자는 아이가 있다.

- 학교에 잠자러 왔나?

아예 교복 단추 아랫단 몇 개 풀어 놓고 하루 종일 잔다. 조는 것도 어느 정도지 아예 학교만 오면 바로 잔다. 선생님은 계속 바뀌어 들어오시니까 아는지 모르는지 그냥 넘어간다.

실컷 잤는지 학교가 끝날 때쯤 일어나서는 집에 갈 준비를 한다.

- 참 희한한 애도 다 있다.

- 공부를 집에서 너무 많이 하나? 저렇게 자고 집에 가서 공부할 거면 학교엔 왜 와?

내가 그런 생각을 하고 있는지 알았나? 눈이 초롱초롱 해가지고는

"우리 집에 가자."

"응? 나 집에 빨리 가야 돼!"

"왜?"

"아니 그냥."

"그러지 말고 우리 집 들렸다 가자."

"……."

갑자기 친하지도 않은 애 집에 가게 생겼다.

- 무슨 벌레처럼 털어 버릴 수도 없고…

"여기가 우리 집이야!"

도대체 어디가 현관인지 알 수도 없는 집에 방문을 활짝 열어젖
힌다.

방엔 대낮부터 이불이 깔려 있고 머리맡에 담배 재떨이와 땅콩
접시가 있다.

"들어가자."

"아니, 싫어!"

"그럼 나가서 뭐 음료수라도 마실까?"

집 앞 구멍가게 비치파라솔 아래에 음료수 두 잔을 놓고 앉았다.

"나, 곧 결혼해!"

"결혼?"

- 이게 무슨 소리야?

"그냥 졸업장 따려고 학교 다니는 거야!"

"아까 방 봤겠지만."

"신랑도 있어!"

"신랑은 학교 필요 없으니까 그만 다니라고 하지만 그래도 고
등학교 졸업장은 있어야 될 것 같아서… 결혼할 때 청첩장 보낼
게!"

- 내가 어쩌다가 여기서 이런 얘기를 듣고 있나.

"뭐라고 내가 해줄 말이 없구나."

집으로 돌아오면서 생각한다.

- 사람들은 친하지도 않은 나를 붙잡고 왜 이런 어려운 얘기를 하는지.

- 난 쟤 이름도 모르는데.

- 자기의 조그만 실수도 남에게 말하기 싫은 사람도 있고 저런 엄청난 얘기도 아무 스스럼없이 남에게 말하는 사람도 있고….

- 얼굴은 모기 한 마리도 못 잡고 숨을 것 같은 순진하게 생긴 아이가….

- 내일 또 교복 입고 학교 올 거면서….

수학여행

수학여행은 부산 해운대로 갔다.

열차 속에서 재미있었고 부산에 내리니 처음 보는 곳이라 우리는 호텔이 어떻게 생겼나 하고 내심 다들 기대를 하고 갔다.

호화롭고 공주나 사는 궁전 같은 호텔이 아니라 말만 호텔이지 무슨 냉면집 같은 커다란 방에 학생들을 단체로 두었다.

이쪽 저쪽 자리를 잡고….

- 이게 수학여행이구나.

선생님들은 수시로 드나들며 잔소리를 해대고! 선생님도 뭐 학교에서 볼 때나 무섭지 이런데서 보니까 그냥 일하는 아저씨 같다! 아이들은 무슨 이벤트를 한다고 저쪽 방으로 뛰어다니고 난리가 났다. 이벤트는 우리들과 거리가 멀다. 친구들과 나는 나와서 백사장을 걸었다. 그래도 바다를 보니 좀 나았다.

조용해졌을 때쯤 방으로 들어와서 새우잠을 자고 다시 열차를 탔다.

서울 다 와간다고 짐들을 챙기는데 아직 몇 정거장 더 가야 한다고….

기차가 서 있고, 또 무슨 연착이 되어 어쩐다고… 마냥 기다리고 있다. 그때 철로길에서 싸움이 났단다.

- 남학생들이 위험하게 싸우나 보다!

하고 나가 보니 내 친구 선이하고 윤옥이가 싸우고 있다!

- 아니 왜 싸워?!

두 사람 다 화가 머리끝까지 나 있다.

- 아뿔싸! 이렇게 싸우면 어쩐다?!

- 윤옥이는 왜 또 친하지도 않은 선이하고 싸우나?

- 둘이 언제부터 알았지?

- 둘이는 모르는 사이 아니었나?

- 쟤가 싸움을 하는 애가 아닌데.

선이는 누구한테 질 애가 아니지만 보니까 윤옥이도 절대 만만치 않다!

무슨 싸움이야? 별꼴이네….

여기서 지금 내가 나가서 윤옥이를 말리면 금방 싸움은 멈추겠지만 나는 윤옥이와 다시 친해지기 부담스럽다.

부산여고에서 전학 온 선이는 부산 수학여행에서 힘을 넘치게 받았나? 부산 기질을 유감없이 발휘하는데 맞서는 윤옥이가 이해가 안 된다.

- 둘이 싸울 이유가 뭐지?

나가서 말릴 수도 없고 자리로 돌아가서 모른 척하고 있을 수도 없고 나는 아주 벌을 받고 서 있다. 이러지도 저러지도 못하고….

- 쟤가 싸움을 하는 애가 아닌데.

싸운 이유는 알고 싶지도 않다. 도대체 지금 둘이 싸우고 있다는 자체가 인정이 안 된다. 나한테 왜 싸웠는지 얘기하는 사람도 없다. 싸움 때문에 밤이 되어서야 도착해 선이네 집으로 같이 갔다.

언니들한테 인사하고 들어가는데 큰 언니가

"영길이는 아빠 오셨다."

"네?"

"엄마하고 아까부터 기다리시는데 왜들 이렇게 늦었어?!"

빨리 밖으로 나왔다. 전봇대 옆에 엄마하고 아버지가 서 있다!

"엄마 아빠 여기 왜 왔어?!"

"여기를 어떻게 알았어?!"

"내가 가르쳐 주지도 않았는데 여기를 어떻게 알고 찾아왔어?"

"그리고 내가 여기 있다고 누가 그래?"

- 기가 막힌다.

"고3 수학여행 간 딸이 시간이 되어도 안 오니까 학교에 알아봤지! 얼마나 걱정했는지 알아?"

"수학여행 갔으면 끝나면 집에 오겠지 뭐 또 친구 집에서 자고 갈까 봐?"

- 내가 다 알아서 하지. 걱정은 무슨 걱정을 해! 내가 애긴가!

"왜들 여학생 둘이 싸움은 했대?"

- 맙소사! 학교고 부모고 모르는 사람이 없네?!

- 난 이다음에 커서 돈 많이 벌어야겠다. 이 은혜 다 갚으려면! 배춧잎에 배추벌레 손바닥에 놓고 보듯이 내 행동을 다 보고 계시네!

학교 앞 빵집

학교 앞에는 빵집과 양장점이 있다.

윤옥이는 양장점의 잡지책에 정신이 팔려 있고 빵을 좋아하는 다른 친구들은 빵집에서 새로 나올 빵을 기다리고 있다.

기다리는 중에 누가

"아이, 배고파. 아저씨 이거 하나 먹어도 되죠?"

"계산은 이따가 다 한꺼번에 할 거니까요."

"네, 그러세요!"

"너만 먹니?"

"나도 먹을래."

"나는 이따가 먹어야지".

하며 한 아이가 가방 지퍼를 열고 빵을 넣는다.

또 다른 아이도 가방에 빵을 넣었다. 너도 나도 그렇게 빵을 다

가방에 넣으니 쟁반이 텅 비었다.

안에서 아저씨는 새로 구워진 방을 식히러 잔뜩 들고 나오는데 누군가

"야! 튀자!"

그러자 윤옥이도 옆집에서 잡지책을 보다가 그걸 가방에 넣어 가지고 뛰기 시작한다.

골목에 갑자기 무슨 남자애들처럼 후다닥 하고 모두 뛰기 시작한다. 가슴이 콩닥콩닥 뛰고 웃음이 나고 등에 땀이 난다.

- 스릴 있고 재미있다.

양장점 주인은 윤옥이 혼자뿐이기 때문에 알지도 못했고, 빵집 주인은 어이가 없이 바라보고 서 있다. 도망가다 골목 끝에서 우리는 빵집 아저씨를 보고 웃고 서 있고, 아저씨는 무슨 이런 여학생들이 있나? 망연자실한 표정으로 서 있다.

누군가

"애, 돈 갖다 주자!"

"저 아저씨 불쌍하다."

"빵이 원가가 얼마나 하겠니?"

"이 학교 학생인 줄 다 아는데."

"잡으려고 하면 잡지!"

"됐어! 이것도 다 추억이지!"

아랫목

이대 입구로 이사 온 후 나도 내 책상이 갖고 싶어져서 계속 아빠를 졸라서 책상을 갖게 됐다.

동생들은 자기들도 책상 갖고 싶다고 한다.

"봐라! 어디 책상 놓을 방이 있니?"

"내가 서랍을 하나씩 줄 테니 귀중품은 거기 놓고 써!"

인심 써서 다섯 개 서랍 중 아래 칸 두 개를 두 여동생에게 쓰도록 한다.

그것만 해도 동생들은 좋아한다. 동생들이 예쁘고 착해서 우리 셋이서 한 방을 썼는데 아랫목이 내 자리고 그 양쪽으로 동생들이 누워 잤다.

연탄아궁이 있는 곳은 장판 색깔이 진해지도록 가운데로만 불이 잘 드는 방이다.

물론 가운데 복판에서 서로 자고 싶어 했는데 나는 궁뎅이가 뜨거워질 때까지 동생들에게 자리를 양보하지 않는다.

"큰 언니 자리야!"

"언니 그러다 언니 궁뎅이 다 타겠다!"

"그래도 괜찮아."

"하여튼 언니는 용가리 통뼈야!"

"그러다 나중에 언니 궁뎅이 탔다고 자리 바꾸자고 하지 마!"

"그래!"

동생들은 욕심쟁이 언니를 골탕 먹이려고 잘 때 연탄불문을 열고 자서 하마터면 궁뎅이가 탈 뻔했다.

아니 좀 탔다.

자고 일어났더니 엉덩이에 너무 땀이 나서 보니까 좀 시꺼멓게 돼서 며칠 고생하고 껍질이 한 겹 벗겨졌다.

우리는 꿀빵 먹기 시합을 했다.

두 살 두 살 터울로 고만고만하니 친구처럼 놀기도 좋았는데, 큰언니 자리는 굳게 지키고 있었다.

"언니, 우리 꿀 빵 먹기 시합하자!"

"그래 하자."

"난 안 져!"

"그러니까 누가 이기나 해 보자고."

꿀 빵을 한 보따리 사와서 먹기 시작했다. 두 개 먹고 한 동생이 나가 떨어지고, 둘이 끝까지 남아서 버텼는데 나는 배가 아프고 목까지 빵이 가득 찬 것 같은데도 토하기 직전까지 버텨서 이겼다!

"아우, 언니는 아무도 못 이겨!

저녁에 식구들이 다 모였을 때 아버지가 먹기 내기를 하는 무식한 사람들이 우리 집에도 있다고, 다시는 그런 짓 하지 말라고 하셔서 다음부터는 먹기 시합은 하지 않기로 했다.

내가 동생들한테 부린 행패는 또 있다.

부모님은 예쁜 옷을 보면 나한테만 사 주셨는데 동생들은 나한테 그 옷을 한 번 입고 나가려면 돈을 내야 했다.

이사한 집 우리 방에서는 동생들과 나란히 누워 낮에는 예쁜 구름들을 보고 밤엔 밤하늘 가득 반짝이는 별들을 보며 오손도손 옛

날 얘기들도 하며 보냈다.

꽃밭이 있고 누워서 하늘을 볼 수 있는 우리 집이 좋았다!

하늘에서 "뿌르릉 뿌르릉" 비행기 지나가는 소리가 요란해도….

쌀값이 오른다며 아버지는 안방을 넓히고 그 곳에 쌀가마를 잔뜩 사다 쌓아 놓으셨다. 쌀값이 오르면 되팔 거라고 했다. 부엌 옆 뒷켠에 두면 혹시 습기 때문에 쌀이 잘못될 수도 있다고 하여 안방을 터서 크게 만들고 쌀을 들이신거다.

그런데 일 년도 안 되어서 쌀벌레가 기어나오기 시작했다. 너무 징그러워서 안방엔 가기도 싫다. 할 수 없이 그 쌀을 되팔기로 했다. 그 쌀에서 벌레만 안 나왔어도 아버지는 안방을 보며 기분 좋아하셨을 텐데….

쌀을 다 팔고 허전해진 아버지는 꽃밭을 반으로 줄이고 거기에 양계장을 만들어 이번에 닭을 기르기 시작했다.

냄새 난다고 극구 싫어하는 엄마 몰래 닭을 조금씩 조금씩 사오시더니 나중에는 전깃불도 달아 주고 아주 닭소리가 시끄러울 정도로 닭을 가득 사다 기르셨다.

냄새나고 시끄러웠지만 아침에 눈 떠서 양계장에 가면 따뜻한 노란 알들이 수두룩 하게 나와 있는 것이 신기했다.

그러나 계란을 받아 오는 것도 잠깐, 양계장을 다 없애고 방을 예쁘게 지어서 세를 놓았다.

방과 후 광장시장 구경을 갔다.

책가방을 든 채 여학생들이 시장을 쭈욱 살피며 돌아 다녔다.
시장 구경을 하다가 친구들이 순대 파는 아주머니 앞에 모두 쪼그
리고 앉는다. 나는 깜짝 놀랐다!

교복을 입고 가방을 든 채 쪼그리고 앉아서 순대를 먹는 일이
너무나 생소했다. 순대를 먹어 본 적도 없고….

그냥 아주머니들이 시장에서 파는 음식인가 보다 했지, 먹어 보
진 않았었다.

다들 맛있게 먹길래 못 본 체하고 구루마에 놓고 파는 그릇들을
구경하다가 빨간 꽃무늬가 예쁜 접시 두 개를 샀다. 친구들은 아
직도 순대를 먹고 있다.

"넌 안 먹어?"

난 너무 창피해서

"그만 가자, 빨리 가자."

"왜 맛있는데?"

"아유, 가 그냥!"

내 성화에 다들 일어난다.

잃
어
버
린

시
절

4

과외수업

집에 돌아와 옷 갈아입는데 동생이 친구들을 세 명이나 데리고
방으로 들어온다.

"뭐야!"

"언니, 우리 공부 좀 가르쳐 주세요."

동생 친구들이다.

"수학 한 과목만 해주시면 돼요."

"뭔데, 지금 어디 배워?"

갑자기 방이 공부방이 되어서 다들 공부하고 있다.

전과보고 풀어 주고 설명하고, 각자 공책에 풀어 보게 했다.

한 시간이 금세 지나갔다.

"다 됐어?"

"이젠 가 봐!"

"그런데 우리 한 달만 봐 주시면 안 돼요?"

"아니 난 이런 거 안 해 봤어."

"지금처럼만 해 주시면 되요."

"어떻게 내가 너희들을 한 달을 가르쳐!"

"그래두요."

"나 못한다니까, 안 해 봤어!"

"그냥 오늘처럼만 해 주시면 되요."

"귀에 쏙쏙 들어와요."

"그렇게 해 주세요."

동생은 가만히 있다.

동생에게 물었다

"너 말 좀 해 봐. 언니가 공부 일 등이야?"

"갑자기 언니를 선생님을 만드네."

"그게 아니라!"

"얘네 엄마가 너희 중에 누구 여고 다니는 언니 있냐고 물어보셔서, 우리언니 고등학교 다닌다고 하니까 그럼 언니 보고 과외선생 해달라고 하시길래…"

"몇 명 짜가지고 왔어, 언니!"

"오늘처럼만 해 주시면 되요. 맡아 주세요!"

졸지에 선생님이 되었다.

"언니 내일 또 올게요. 선생님!"

"안녕히 계세요. 선생님!"

하면서 뛰어나간다. 아무런 예고도 없이 선생님이 돼 가지고 다음 날 어김없이 애들이 들이 닥쳤다. 하얀 봉투들을 다 들고 와가지고 내민다.

하루하루 지나갔다.

1시간을 가르치려면 나는 몇 시간을 예습을 해야 했다.

봉투는 그대로 열어 보지도 않고 부모님께 드렸지만, 할머니와 부모님은 너무 좋아하셨다.

그때부터 나는 다른 일은 아무것도 생각할 수도 없고 오로지 학교 끝나면 그 아이들 수업 준비로 온 정신을 썼다.

정말 지겨워 져서 한 달 하고 그만둬야 했다.

"나도 이제 시험공부를 해야 하고 더 이상 너희들과 시간을 가질 수가 없어. 다른 선생님을 구해 봐!"

이렇게 해서 해방된 민족이 되었다.

그 다음 날부터 나는 배짱이처럼 내 방에 누워서 푸른 하늘에 뭉게구름을 보며 가곡을 부르기 시작했다.

"내 마음은 호수요. 그대 노 저어오오~~ 나는 그대의~~."

"골목에 언니 노래가 저 아래까지 들려."

"듣기 좋더라."

나는 세계 명곡집 두꺼운 두 권으로 된 책을 대학생처럼 끼고 다녔다.

책가방은 따로 들고….

우리 할머니는 수건에 물을 묻혀 가지고 동생들을 닦아 주시고 할머니 얼굴도 수건에 물을 적셔서 닦으신다. 세숫대야에 세수하지 않으시고.

어쩌다 모기를 잡으실 땐 "꼭 인도환생 합소사~ 인도환생 합소사~." 하신다.

버스 정류장까지 가던 길엔 예쁜 집이 하나 있다.

대문으로 그 집 정원이 다 보이는 집이다. 잔디가 깔린 약간 언덕진 정원이 아름답고 집이 잡지책에서 보던 집처럼 예쁘다.

학교 갈 때마다 그 집 보며 가는 것이 즐거움이다. 집에 사는 사람 모습은 안 보였다.

- 저렇게 예쁜 집에서 사는 사람은 어떻게 생겼을까?

항상 궁금했다. 몇 년 동안 사람을 한 번도 본 적이 없다. 동네에 있는 집만 예뻐도 몇 년이 즐겁다.

대학입시 3개월 전, 나도 과외를 받게 되었다.

선생은 내 밑으로 남동생이 다니는 숭문고등학교 전체 일 등 했다는 연대 다니는 동생 선배다.

부모님 심사에 합격했고 동생이 두 말 않고 추천한 사람인데도 과외 끝나고 방문을 열면 방문 앞에 꼭 할머니가 서 계셨다.

"할머니 왜 여기 서 있어 추운데!"

"추워도 뭐 딴 말하나 해가지고⋯."

- 나는 배꼽이 빠진다.

"무슨 딴 말! 무슨 딴 마알~!"

"내가 할머니 땜에 못 살아 정말!"

하고 돌아보면 신발을 신는 그 선생은

"할머니 안녕히 계세요!"

인사하고 간다.

할머니는 대답도 안 하고 빤히 대문 나가는 사람 뒤통수를 보고 계신다.

공부를 해도 말이 과외지. 별로 공부도 되지 않고 선생만 열심이다. 과외는 선생이 공부하는 게 과외다.

내가 너무 공부를 안 하니까 혼자 열심히 설명하고 나가면서 만화책을 20권 정도 내놓으며 독후감을 써 놓으란다.

- 참나! 내가 읽기도 바쁜데 무슨 독후감을 쓰나?

학교 가서 친구들한테 얘기했더니 좀 보자고 해서 친구들 등쌀에 못 이겨 학교 앞으로 오라고 했다.

학교 앞에 정말 나타났다.

"야! 잘생겼다!"

"제임스딘 같이 생겼네!"

"쟤 별명이 뭔지 알아? 갈비야 갈비!"

"갈비?"

"갈비같이 생겼네!"

- 할머니가 아무리 1초를 안 놓치고 지켜도 학교 앞에서 친구들까지 만나고 다닌다!

- 다 모르는 거야!

- 아이는 어른을 모르고.

- 어른은 아이를 모르고.

할머니 속인 일이 하나 더 있다.

크리스마스를 우리 친구들이 집에서 꿀빵 이나 먹고 앉아 있을 친구들이 아니지!

친구들 약속에 끼고 싶은데 호랑이 같은 할머니를 어떻게 할까? 하고 생각 끝에

"할머니 내일 이 우리 친구 언니 결혼식이야."

"응, 그래? 가 봐야지."

"그런데 오늘 모여서 그 준비하기로 했어."

"음. 그 종이로 꽃도 만들고 해야 하지?"

"그럼~."

"그런 일이라면 동생친구들이 도와야지. 어서 가 봐라."

"내 엄마한테 잘 말할게 걱정 말고 갔다 와!"

"친구 언니 결혼식인데 얼마나 좋은 일이냐 어서 가!"

나는 그냥 크리스마스를 결혼식이라고만 거짓말을 했는데 할머니 때는 결혼식에 종이로 꽃을 만들어 장식했나 보다. 꽃 만드느라 밤새워야 한다고 생각한 할머니가 추억 속으로 홀라당 빠져든 새에 무사히 탈출하여 친구들과 만나는 장소에서부터 발에 발통을 달고 송추로 향했다.

기차 타고 신나게 달려간 곳엔 우리만 있는 게 아니다. 크리스마스를 즐기러 온 사람들로 붐빈다. 온 천지가 다 오색등불로 반짝거리고 음악소리가 쿵쾅거리고 하얀 눈까지 깔려 있다.

홀이나 숲속이나 음악소리가 넘쳐난다.

- 이런 데도 있구나!

모두들 야외 전축을 크게 틀어 놓고 트위스트 춤을 춘다.

우리 일행만 빼고 모두 춤을 춘다. 우리는 구경하다 다리가 아파 유리문이 달린 방을 찾아 앉았다. 따끈따끈한 아랫목에 다리들을 모으고 앉아서 노는 걸 구경했다.

구경만 하는데 벌써 먼동이 튼다. 까만 밤만 지나면 바로 집에 가자고 해서 동이 트자 서둘러 집으로 돌아왔다. 호롱불로 인해 얼굴들을 보니 코밑이 모두 새까맣게 된 게 석탄 캐다 온 사람들 같다.

너무 놀았다 싶어서 마음먹고 공부하기로 하고 책상 앞에 앉았다. 너무 공부가 잘 되어서 이 정도면 오늘 하루에 대학입시 끝낼 기세로 공부하는 중에 책꽂이에서 연기가 난다.

처음에는 책꽂이 속, 책속에서 담배 연기가 피어나길래 무슨 담뱃불이 거기 있겠나 싶어 책을 꺼내어 보니 아무것도 없다. 이상하다!

아래를 내려다보니 동생들은 다 자고 있다. 무시하고 계속 공부했다. 머리는 너무 맑고 눈은 말똥말똥하다. 새벽3시! 전혀 졸리지 않다.

시험 준비 거의 다 돼 간다.

새벽까지 공부하는데 문이 열리고 아버지가 들여다보신다.

"불 안 끄고 여태 뭐하니? 공부했네!"

"근데 아버지 책꽂이에서 연기가 나!"

"응? 책꽂이에서 연기가 나?"

"응, 연기가 나."

"아무리 봐도 불이 없는데 연기가 나!"

"음, 너 공부하지 말고 그만 자라!"

"너무 늦었어!"

"안 졸리는데~."

"공부하지 마라! 불 꺼!"

문 닫고 나가신다.

갈비한테 과외 3개월을 받고 나는 대학에 들어갔다.

입학 축하한다고 갈비는 자기가 받은 과외비를 몽땅 털어 백과사전을 한 질 사왔다. 그걸 들고 엄마와 할머니는 그 날로 그 집에 백과사전을 돌려주고 왔다.

"그건 좀 너무하지 않아? 다른 것도 아니고 책인데 뭘 부담스럽다고…."

동생은 신경질을 냈다.

"선배한테 그게 뭐냐고!"

엄마와 할머니는

"그건 그런 게 아냐!"

"아무것이나 받는 게 아니지!"

동생은 불만이다. 나도 썩 좋은 일 같진 않다.

"막말로 사귄다고 해도 연대하고, 상명여대하고 누가손핸데!"

"그 형은 잘 생기고 똑똑하고 뭐가 싫다고~."

"그 형 얼굴을 이제 어떻게 봐!"

"할머니하고 엄마하고 그런 추태를 보이다니 정말 실망이야!"

누가 뭐라 하지도 않았는데 남동생은 어려도 속은 말짱해가지고 어른들에게 반항이다.

- 갈비가 후배 하나는 제대로 뒀네! 누나보다 더 귀하다니!

대학교 입학 환영회

입학식 환영회 때 강신애와 나는 신입생 대표로 장기자랑에서 노래를 불렀다. 그 날 분위기 때문에 얼떨결에 그렇게 됐지만 강신애는 지가 그렇게 날 끌고 가서 노래 부를 실력은 아니었다.

반주소리가 너무 커서 우리 노래는 잘 들리지 않는다. 자발적으로 나와서 노래를 했다가 중요하지 실력은 문제가 아니었다.

- 그래도 어차피 할 바엔 잘 하는 게 좋으니까.

선배들에게 너무 많은 박수를 받고 인기도 올라갔다. 여학생들만 있는 학교에 이렇게 순발력 있게 재치를 발휘할 수 있다는 건 환영받을 수 있는 일이었다.

그리고 강신애는 신입생 중 최고의 미인이다. 그 날 이후 강신애는 교수님들한테도 사랑을 받아서 교내방송으로 자주 강신애를 찾았다. 강신애 엄마는 학교로 과일 화채를 타가지고 오시기도 했다. 어느 집이나 자식들을 위하는 엄마들의 교육열은 대단하다, 열성엄마!

국민학교도 아니고 대학교까지 교수님들 드시라고 화채를 가져온다!

한복을 곱게 입고 들고 오셨다.

이불 빨래

학교도 자리가 잡히고 한가롭던 여름, 모처럼 집에서 이불빨래
를 해서 나름 풀까지 먹여서 마당 빨랫줄에 널고 있다. 세든 방 할
아버지가 햇볕 쬐러 나오시다가 나보고 손짓을 하신다.

이불 가장자리를 손으로 쭉 펴 주시면서

"여기를 이렇게 끝마무리를 잘 펴 줘야 이불이 말랐을 때 모양
이 좋지!"

"바느질하기도 편하고."

"그래야 이 다음에 시집가서 시부모님께 사랑받지!"

자상하게 가르쳐 주신다.

할머니가 아닌 할아버지가

"네!"

대답했지만 속으로는 나는 내가 이불빨래를 하고 풀까지 먹여
서 잘한다고 지금 하는데 거기까지는 생각하지 않아도 괜찮지 않
나? 하고 앙큼을 떨고 있었다.

할아버지도 잘 생기셨지만 가끔 별식을 해서 나눠 드리려 그쪽
방으로 가면 언제나 다소곳이 바느질만 하시던 그 할머니는 작은
댁이라고 한다.

큰댁 아들들이 왔다 갈 땐 할머니는 손님 대하듯 큰댁 아들들에게 존댓말을 하신다.

그 할머니가 낳은 아들한테는 반말을 하셨다.

전혀 작은댁처럼 생기시지 않고 큰댁의 큰댁으로 보일 만큼 얌전하게 생기셨다.

할아버지께도 깍듯하셔서 언제나 그림자처럼 모셨는데도 할아버지는 할머니에게 그렇게 소리를 지르며 역정을 내신다.

소리 죽여

"할머니 뭐 잘못하셨어요?"

하고 물으면

"평생을 저러신 다우~."

"이젠 편찮으셔서 더 하시지!"

하고 눈물을 닦으셨다.

- 젊은 여자도 울면 안 되지만 늙은 여자는 울면 정말 안 된다.

- 할아버지 제발 할머니 울지 않으시게 다정하게 대해 주세요.

알 수 없다.

알 수 없다.

왜 저러시는지!

내 보기엔 할머니는 소리도 없이, 숨소리도 없이, 발자국 소리도 없이 다니시는데….

할아버지 안경집

동네에 있는 양장점에서 맞춰 입은 칠부 바지를 몸에 딱 달라붙게 입고 친구를 만나러 나가는데 복덕방 앞에 나와 있던 할아버지들이

"말세야, 말세!"

"나라가 어찌되려고 처자들이 옷을 저렇게 입고 다니나?"

- 보니까 나보고 하는 소리다!

- 말세? 나라가? 아니 이 바지가 어때서!

 하고 할아버지를 쳐다보는데

"에구머니나!"

나는 땅바닥에 주저앉을 뻔했다. 할아버지 한복바지 앞자락에 뭐가 대롱대롱 매달려 있다!

- 저게 뭐야!

순간 나는 그게 그 할아버지 고추인 줄 알고 기절할 뻔했다.

- 아니 저 할아버지는 고추를 저렇게 내놓고 다니나?

알고 보니 '안경집'이다.

- 이런, 세상에나!

- 말세는 할아버지가 말세네!

- 사람을 그렇게 놀래키다니!

- 나는 왜 그렇게 놀랐지? 휴~ 안경집이라서 다행이다.

아버지 애인견 포인터

출근하는 사람들이 많아서 몰랐다.

버스 정류장에 거의 다 왔는데 집에서 기르는 개 '포인터'가 목줄을 한 채 따라온다. 앞만 보고 가다가 옆에 따라 오길래

"왜 와!"

"학교 가는데!"

"어서 집으로 가!"

하고 쫓으면 또 따라오고 또 따라오고 이미 집에까지 데려다 주기엔 너무 멀리 나왔다. 똑똑한 놈이니까.

내가 버스 타면 집으로 돌아가겠지! 하고는 버스에 올랐다. 그놈은 버스를 쳐다보고 그냥 그렇게 서 있다. 사람들 사이에서 큰 개가!

나는 손짓으로 "빨리 집에 가!"했다.

버스는 출발했고

- 집에 갔겠지.

하루 종일 학교에서 있다가 저녁에 집으로 돌아오니 '포인터' 찾느라고 난리가 났다.

"나 따라 왔었어! 아침에!"

"집에 안 들어왔어?"

"어디 갔지? 밤인데!"

하루 종일 '포인터' 찾느라 난리였나 보다. 집에 가라고 했는데….

"개가 커서 아무나 못 건드리는데 목줄 때문에."

"누가 데려갔다."

"그래도 영리한 놈이니까 며칠 후에라도 집을 찾아 올 꺼다."

"보신탕집에 갔을지 몰라!"

소리를 다 들으면서도 견딜 수 없는 건 우리들보다 더 예뻐하시던 개를 보고 싶어 하실 아버지가 실망하실까 봐 더 걱정된다.

우리 할머니가 돌아가셨다

오늘 저녁이 할아버지 제사니까 다들 학교 끝나면 바로 와서 도우라는 말을 듣고 학교 갔다 돌아와서 할머니와 함께 마루 앞마당에서 전을 부치는데 할머니가 쓰러지셨다. 그리고… 돌아가셨다.

"인물이 훤칠하셨지. 느이 할아버지께서는…."

한참 할아버지 말씀 하시다가… 그게 마지막 말씀이셨다.

아니 그렇게 정정하시던 분이 어떻게 그렇게 갑자기 돌아가실 수 있느냐고….

연락받은 친척들은 다 모였다.

안 보고 가시면 섭섭할 것 같은 사람은 다 왔다.

이제 더 부를 사람 없으면 입관하신다고 물어도 더 이상 올 사람은 다 왔다고 해서 할머니는 안방에서 입관이 되었다. 대문에 등이 걸리고 동네가 쩌렁쩌렁하게 울리던 할머니 목소리는 이젠 다시 들을 수 없게 되었다. 큰 언덕을 잃은 것 같다!

모두 울거나 침묵하고 있을 때!

"할머니!"

하고 큰소리로 울며 대문으로 군인이 들어온다.

큰집에 큰아들 우리 아버지는 작은아들이었다. 그러니까 할머니의 장손이 온 것이다.

"군인이라고 못 올 줄 알고 부대에까지는 연락을 안했는데 어떻게 왔네!"

엄마가 말하고 있다.

간밤에 꿈에 할머니가 돌아가셨다는데 가 봐야 할 것 같다고 부대장에게 말씀드리고 휴가를 받아서 온 것이라고 했다.

"어떻게 알고!"

울면서 군인 오빠가 말한다.

꿈에 할머니가 나타나셔서

"빨리 집으로 와라!"

"나 돌아간다!"

하셨단다!

- 세상에 이런 일이!

모두 아무 말 하지 못했다.

일단 입관을 했지만 멀리서 온 장손을 위해 그리고 군인 오빠가 너무 울어서 관을 뜯기로 했다.

꼭 보고 싶은 사람만 들어오라고 해서 나도 들어갔다.

삼베로 수의를 입으셨을 줄 알았는데 붕대로 감고 계셨다. 삼베보다 붕대가 더 하얗고 깨끗해 보인다.

또 다른 외사촌 오빠가

"깨끗하시네."

말이 떨어지기가 무섭게 붕대 감은 할머니 입 쪽으로 새빨간 피가 스며나왔다.

벼락이 떨어졌다!

"입들 다물어!"

"아무 말 하는 게 아냐!"

누군가 그랬다.

그 바람에 군인 오빠는 울지도 못하고 다시 관 뚜껑이 닫혔다.

엄마가 슬피 울고 그렇게 할머니는 다 보고 가셨다!

"영길이 시집가는 거는 보고 가실 줄 알았는데…."

엄마는 계속 운다.

퍼레이드

이순임 과장교수께서 미국 가서 배워왔다는 '퍼레이드'를 다른 학교 몰래 극비로 연습한 지 한 달 후 드디어 국군의 날 화려한 의상과 봉을 들고 광화문에서 '퍼레이드'를 한다.

군악대에 맞추어 광화문에서 중앙청 길을 행진하는데 사진 기자들도 많이 오고 TV에도 나온단다.

그렇게 짧은 의상은 길거리에서 처음 보는지 사람들은 구경에 여념이 없다.

여대생들이 짧은 반짝이 의상을 입고 행진하니 볼만한가 보다.

우리 동네 복덕방 할아버지가 중앙청에 왔으면 돌아가셨겠다.

하긴 고등학생도 아니고 여대생 차림으로는 좀….

'존재의 가벼움'이 느껴진다.

앞뒤로 호루라기를 따로 불며 대열이 흐트러질세라 선생님은
바쁘시다.

"과장 교수님만 신나신 거 아냐?"

하이힐 굽이 떨어져 나가서

책갈피에 버스표 두 장을 끼워 넣고 학교에 갔는데 집에 돌아가
려고 버스정류장에서 아무리 책갈피를 뒤져 봐도 버스표가 없다.

책을 뒤집어 털어 봐도 버스표는 나오지 않는다.

- 어떻게 한다!

- 옆에 서 있는 친구에게 버스표를 빌리기는 싫다!

그러면….

걷는다!

걸었다!

- 세검정에서 이대입구까지.

우리가 '퍼레이드'했던 광화문 그 곳까지 왔다. 도저히 발이 아
파서 더 이상 못 걷겠다. 왜냐하면 하이힐을 신었기 때문에….

참고 걷는다.

왼쪽발이 삐끗한다.

보도블록 틈으로 하이힐 뒤축이 끼여서 굽이 부러졌다. 신발을 벗어서 구두 굽을 보니 구두굽이 뜯겨져 나갔다.

한쪽 신발을 벗고 맨발로 걸을 수는 없다. 광화문에서 서대문을 거쳐 아현동을 넘어 집에까지 쩔뚝쩔뚝하며 왔다.

- 나 같은 사람이 또 있을까?

실컷 잤다.

무슨 일이 있어서 또 광화문을 걸을 일이 있었다.

아카데미 극장 쪽으로 지나가는데

DJ(디스크자키) 구인광고가 보인다. '면접 후 결정'이라고 쓰여 있다. 올라가 보기로 했다.

DJ 음반을 찾아서 신청곡을 틀어 주는 것이다. 그 음악에 대한 곡명과 가수를 소개하면 되는 일이다. 사무실로 들어갔다. 김 이사라는 분이 팝송 책을 들고 나온다. 읽어 보라고 했다. 영어 시간에 뻔질나게 손 들고 읽어서 영어 읽는 건 일도 아니다. 발음 좋다고 공부 잘하는 아이들이 '미인회화'반에 들어오라고 해도 거절할 정도로 자신 있었으니까.

당당하게 읽어서 합격했고 그 이사라는 분은 발음 공부를 따로 했느냐고….

묻는 건 아주 잘 대답했고 마음에 든다는 얘기! 그 날로 방송실로 들어갈 수 있었다.

그때 읽은 게 '더 영원스' 클리프 리챠드가 부른 곡이다.

학교 끝나면 아카데미, 학교 끝나면 아카데미….

매일 방과 후 바로 없어지니 애들은

"왜 그렇게 집에 빨리 가니?"

"집에 무슨 일 있어?"

라고 묻는다.

- 집에 무슨 일이 있긴.

- 아카데미에 무슨 일이 있지.

친구들에게는 말하지 않았다. 숨길 만한 것도 아니지만 자랑거리도 아니지 않나! 다만 심심하지는 않다는 정도!

그렇게 다니던 곳에서 처음 직장 사람들 따라서 간 곳이 '무교동 비빔국수집'

어찌나 국수가 달콤하고 맛있던지 만드는 법을 물어봤다.

김치 국물을 조금 넣고 국수 삶은 물을 넣어주면 그 맛이 난다고 한다.

학교는 학교대로 재밌고 아카데미는 아카데미대로 재밌다.

그 곳에서 드럼도 배웠다. 그 많은 악기들을 수십 년 배워야 되는 줄 알았는데 간단했다!

왼쪽 스틱은 쿵 한 박자!

오른쪽 스틱은 짝짝 두 박자!

발도 똑같이 왼발 쿵 한 박자!

오른발 짝짝 두 박자!

먼저 발로 박자를 맞추고 그걸 유지하면서 잘 되면 손까지 같이 "쿵 짝짝, 쿵 짝짝"하면 그게 다다! 잘 되면 응용!

두 스틱을 합쳐서 두 번씩 세 군데로 "따다닥 따다닥 따다닥"

어떤 음악도 이 기본에 맞추어 두드릴 수 있다. 가끔 여유 있을 때 "챙"도 한 번 울려 주고 한 번은 쇼 무대에서도 해 본 적이 있다. 무대 분위기 상관없이 머릿속에 기본 박자만 생각하면 된다.

박수까지 받았다!

별 거 아니군!

월급은 적었지만 나름 재밌어서 눈 돌릴 틈도 없이 다녔다.

그런데 어느 날 버스에서부터 누가 자꾸만 따라온다. 며칠을 두고….

무슨 일인지 모르겠다. 하루도 아니고 같은 사람인 것 같은데 며칠을 두고 저렇게 버스에서부터 따라올 것 같으면 보통 사람은 아니고.

- 무슨 간첩인가?

- 아니면 나를 간첩으로 보나?

아니 도대체 나를 왜 따라다녀? 그냥 둬서는 안 되겠다 싶어서 따라오게 그냥 뒀다가 집으로 가는 길에 있는 파출소로 들어갔다.

그 남자는 파출소 앞에 서서 나를 기다리고 있다.

- 왜 들어갔나 했겠지?!

"아니 어떤 간첩 같은 사람이 이유 없이 며칠째 계속 따라오거든요. 조사 좀 해 보세요!"

경찰이 문을 열고 들어오라고 하니 얼굴은 안 봤지만 그 사람이 들어왔다.

경찰은 나에게 집에 가도 좋다고 해서 끝까지 그 사람 얼굴은 안 본 채 집으로 왔다.

- 너는 혼 좀 나 봐라!

- 뭐가 그리 당당하다고 들어오라니까 또 당당하게 따라 들어오나!

그 다음부터는 따라오는 일이 없다. 세상은 살 만한 곳이라는 생각이 들었다. 역시 경찰은 있어야 되는 거라고 생각하며 일부러 파출소 앞길로 다녔다.

어느 날인가 고개를 숙이고 아무 생각 없이 걷고 있는데 그 경찰 아저씨가

"요즘은 안 따라와요?"

한다.

그런데 그 아저씨가 웃고 있다.

- 왜 웃지?

좀 창피하다는 생각이 든다.

"네? 네."

다시 파출소 앞길은 안 다니고 예쁜 집 앞으로 다닌다.

선본다

"선 들어왔어!"

엄마가 말한다.

"선? 시집가는 선?"

"그래, 어느 날 어느 시에 어디로 정했으니 나가 봐!"

"잘하고 와."

- 뭘 잘하고 오라는 건지.

나갔다.

봉선화 오빠였다.

삐쩍 마르고 그 까칠하던 봉선화 오빠는 통통하게 살이 붙어 가지고 좀 징그렇게 변했다. 그 오빠와 얼마간 만났다. 극장도 가고 식당에도 가고 덕수궁 미술전시회, 국화전도 보러 갔다.

봉선화 얘기는 아무도 하지 않는다.

나도 봉선화 안부를 묻지 않는다.

"오늘 은행 일로 어딜 가는데 차가 너무 막혀서 꼼짝도 안 하는 거야. 알고 봤더니 '키신져'가 와서 길이 막혔다더군. '키신져' 지가 뭔데, 남의 나라에 왔으면 조용히 다닐 일이지 일도 못 보게 길을 막고 다녀. 누구는 남의 나라까지 와서 영향력을 발휘해 길도 막고 있는데, 나는 지금 은행 일이나 하고 있고 빨리 출세해서 '키신져' 보다 나은 사람이 돼야지. 자존심이 상해서 못 살겠다"고 한다.

- 그러고 보니 '키신져'하고 똑같이 생겼네? 공부를 잘한다더니 그릇이 크긴 크구나. 막히면 막히나 보다 생각하지 않고 더 잘 돼야 한다느니 더 출세해야 한다느니. 몸집은 달라졌지만 기개는 살아 있네!

나는 결혼을 전제로 나온 신붓감답게 물었다.

"직장이 은행이면 월급은 얼마나 돼요?"

직접적으로 대놓고 물어보니 조금 놀란 듯

"그렇게 많지도 않고 그렇다고 박하지도 않아서 첫 월급으로 제일 큰 텔레비전 살 정도!"

그렇게 대답한다. 집은 한 채 있다고 한다.

솔직히 그게 얼마쯤인지 돈으로 얼마! 라고 얘기를 안 해서 모르겠지만 더 이상 돈 얘기는 안 하기로 했다.

좀 더 만나서 좀 친해졌다. 봐도 낯설지 않고 만나는 시간에 늦지 않으려고 허둥지둥 뛰어오는 걸 보면 귀엽기도 했다. 군대 간 동생을 묻기에 같이 사과 한 상자를 사가지고 동생 면회도 갔다. 사과를 살 때 박스 안을 믿을 수가 없어서 다 쏟아서 확인하고 사과를 샀더니 나보고 하는 말이 조금 놀랐다고 그렇게 꼼꼼하니 이 다음에 살림은 잘 하겠다고 한다.

- 서로 확실한 게 찜찜하지 않으니까.

"이 사진 좀 봐라!"

엄마가 사진을 내미는데 나는 불에 덴 듯 질겁하며 던졌다.

"무슨 사진이야. 징그럽게!"

"사람들이 다 수수하고 무난한 가정이야!"

"시장에서는 동네 유지라고 하더라."

"시골에 땅도 많고 돈이 많단다. 한 번 봐라!"

"이번에도 외아들이래!"

"아래로 동생도 없고 위로 누나들 다 시집가고, 뭐 거칠게 있나. 괜찮을 것 같아!"

"10호 집에서 들어온 자리는 의사라는데 밑에 동생이 여섯이래.

의사해서 돈 벌어오면 동생들 뒤치다꺼리 하느라 어디 되겠어?”

　“부잣집 외아들이면 딱이지 뭐, 한 번 봐봐!”

　선 보러 나간 자리에 웬 눈을 한 짝 안대를 한 사람이 앉아 있다.

　커피를 마시고 찻값을 계산하는데 지갑이 아니고 바지 주머니에서 꼬불꼬불한 돈을 내미는 게 아닌가!

　- 맙소사!

　- 선본다는 사람이 무슨!

　“집에 바래다 드리….”

　“됐어요!!”

　집에 와서 엄마한테 말했다.

　“실망이다!”

　“무슨 그런 사람이 선을 보러 나와!”

　“언니 어땠어?”

　“뭐가 어때 시커멓고 구질하지~ 아, 난 싫어!”

　“앉아 봐, 그런 사람이 실속 있는 거야.”

　“족제비처럼 곱상하면 뭐해!”

　“사람 튼튼하고 진국이더만.”

　“다시는 나한테 그런 말 하지 마!! 난 싫으니까.”

　“내가 그런 사람한테 시집가면 엄마는 좋겠어?!”

　엄마는 한 달을 졸라댄다.

　“내 스타일이 아냐, 엄마!”

　“그렇게 딸을 몰라!”

　“난 안 가!”

"그런데 그 집 총각이 졸업시험을 안 보고 싸고 누웠데. 밥도 안 먹고…."

"남의 집 외아들 잡게 생겼어."

"싫다구!"

"시험을 보던지 말던지 나하고 무슨 상관이야!"

"그러니까 한 번만 만나 봐, 다시는 그런 말 안 할 테니까"

"만나서 싫다고 니가 그래!"

"알았어!"

나가면서 생각한다.

- 매너 없이 굴지 말고 상냥하게 거절하자! 그게 최선이다.

"나 싫다고 했다면서요!"

"그것보다 내가 아직 결혼할 마음이 없거든요!"

"선보러 나왔잖아요!"

"꼭 봐야 한다고 해서… 한 번만 그냥."

"나도 꼭 봐야 되거든요!"

- 여기에서 나는 최대한 상냥하게 대해야 한다. 꼴값 떤다는 등 앙심을 품게 해서는 안 되지.

"네에~ 결혼하는 데 뭐 한 번 선 보고 금방 될까요? 여러 사람 보다 보면 자신과 꼭 맞는 사람 만나게 되겠지요. 이렇게 착하신 데~."

"결혼해서 따로 나가 살라면 나가 살고 모든 걸 원하는 대로 다 해 줄 테니 결혼하죠? 약속합니다. 모든 걸 원하는 대로 해 준 다구요!

"그래도 안 되겠어요? 구체적으로 내가 싫은 이유를 대 보세요!"

- 시험 보나? 구체적은 무슨 구체적. 어려운 문제는 가장 쉬운 방법으로 풀지!

"한 달만 만나 보고 그때 가서도 정말 싫으면 그때 관두죠!"

"오늘도 여기까지 오시느라 괜히 수고하셨는데 뭘 한 달씩 더 고생을 시켜요 미안하게~"

- 내가 상대방이라도 한 대 쥐어박고 싶겠다. 최대한 부드럽게 웃으면서 얘기한다 해도 내용은….

- 충분히 알아들었으리라.

정말 쿨하게 헤어진 후 집으로 오는 발걸음이 가볍다. 이젠 아무것도 신경 쓰지 않아도 되게 생겼으니 마음이 가뿐해져서

- 이러면 될 걸! 뭐가 그리 복잡했어? 다 됐다!

그 후 엄마는 방문을 열고는 내 얼굴을 한 번 보고 문 닫고 아무 말 안 하고… 그러기를 한 달쯤 후

"너! 부모가 정해 준 대로 안 하고 니 맘에 드는 사람 어디 골라서 니 맘대로 해 봐. 결혼한다면 부모 된 도리로서 식장에 50만 원은 줘서 보낼 테니 그거 가지고 너 혼자 결혼을 하든지 말든지 맘대로 해! 이젠 끝이야!

"아니 내 부모면 내 편을 들어야지. 왜 그 남자 편을 들어주고 난리야!"

"결혼할 때 아무것도 필요 없고 몸만 와도 된다는데 뭐 믿고 저 땡깡이야! 더 좋은 자리 없어! 아무것도 걸릴 것 없는 자리가 어디

그렇게 흔한 줄 알어!"

"사람들 모두 얌전하지, 돈 많지, 본 당사자 튼실하지, 사람 진국을 몰라 보구! 어디서 흰 죽사발 개 핥은 것 같은 놈 만나 봐라! 어떻게 되나! 여자는 남자 잘못 만나면 끝장인 겨!"

그놈의 진국소리 지겹고 정말 이쁜 남자 좋아했다가 엄마 말처럼 되면 어쩌나? 하는 걱정도 들고 한 마디 귀에 남는 건

"원하는 대로 뭐든 다 해 줄게요!"

- 그 말이 남는다.

7결혼식

결혼식장은 남산에 있는 드라마센터로 정했다.

종로에서 드레스 맞추고 크라운제과에서 답례품 맞추고 약혼식 때 패물을 너무 많이 받아서 일단 기분은 좋았다. 뭐든 새로 사고 준비하러 다니는 것도 재미있었다. 진작할 걸 그랬나? 재밌네! 선보고 한 달 만에 약혼하고 또 한 달 만에 결혼했다. 결혼하고 한 달 후에 졸업식.

졸업식 끝나고 수양어머니께 인사드리러 가야 한다고 해서 결혼 때 받은 패물을 다 걸고 끼고 차리고 나섰다. 누상동에 단군할아버지를 모신 곳이었다. 그 절에 교주님이 수양어머니라고….

개천절에는 국가 행사도 이곳 사직동에서 한다고 한다. 누상동에서 사직동까지 두 곳에서 참배하고 수양어머니가 운영 하신다는 쑥

탕에 들렀다. 절하고 일어나서 이제 집에 가나 보다 했더니 수양어머니 말씀이 "날도 추운데 쑥탕이나 들어갔다 가지?" 하신다.

쑥탕!

목욕탕인데 찜통처럼 쑥과 같은 약재를 넣고 끓는 물 위에 대나무 발을 얹어서 김을 쐬는 목욕탕이다.

새색시를!

시어머니, 시누이들 그리고 나, 이렇게 벌거벗고 목욕탕에 들어가는 것이 아닌가!

- 아, 이게 시집이구나.

- 내 의견은 묻지도 않고 싫다 소리도 못하고 울며 겨자 먹기로 따라 들어간다. 궁뎅이가 넓찍해서 애를 잘 낳겠다는 둥, 수근수근, 내 몸매에 관해서 품평회가 시작됐다.

- 이런 일이.

다 커서는 엄마와 동생들 하고도 목욕탕을 같이 안 갔는데… 얌전한 사람들은 이렇게 시집살이를 시키는가! 정말 난처하고 절실하게 신랑이 구해 주기를 바라지만 여기는 여탕이라. 달고 간 패물들은 얼마나 뜨거운지 왜 이런 건 달고 와가지고… 누군들 시집식구들 앞에서 이렇게 벌거벗고 싶겠는가…. 갓 시집온 새 색시를!

멀게만 느껴지던 신랑이 갑자기 그리워진다.

- 살려주~!

첫 아이 낳고 시어머님 따라 절에서 방생 법회를 한다기에 따라

갔다. 물고기를 강에 넣은 다음 오곡을 물에 던져 물고기 밥이라
고 한 주먹씩 넣어 주고….

식구들 생일이면 시어머니는 혼자서 용왕님께 치성 드린다고
강에 가신다. 생일에 차린 음식은 모두 조금씩 첫 번째로 떼어 담
아 강으로 가신다.

정성이 지극하시구나. 시어머님께서 용왕님, 용왕님 하시는 걸
몇 년 들으니 정말 깊은 물에는 용왕님이 계시나 보다 했다.

용왕님 계신 곳

아이를 셋을 낳은 후,
강릉 해수욕장에 식구들 모두 놀러갔다. 막내가 네 살 되던 해
에 처음 간 해수욕장이다. 우리 부부, 아이 셋, 아이 돌보는 사람.
이렇게 배를 타고 멀리까지 나왔을 때 낙산사 해수관음보살상에
예배하고 깊은 물을 내려다본다. 깊은 물이니까 용궁이 있겠지!

물속을 아무리 들여다보아도 항상 머릿속에 상상하던 용궁이
아니고 탁한 물속에 흔들리는 해초, 미역, 다시마 같은 것만 있다.

- 용궁은?!
- 없나?!
- 나는 왜 깊은 물속에 용궁이 있을 거라고 믿었을까? 나만 그
랬나?
- 분명히 시어머님도 용궁이라고 했는데….

잃어버린시절

갑자기 뒤통수를 야구방망이로 "탁" 하고 아주 세게 맞은 것 같다!!

머릿속이 멍! 하다.

남편한테도,

아이들한테도,

누구한테도 용궁이 왜 안 보이느냐고 묻지 못했다!

너무 실망했기 때문에….

- 용궁은 없었나?

- 용왕님도?

- 그럴 리가 없는데.

- 안 보인다.

- 내 눈에는.

잃
어
버
린

시
절

⑤

애버지

할머니도 돌아가시고 양품점에 엄마가 점원을 두고 혼자 나가기 때문에 언제나 집엔 아버지 혼자 계신다.

얼마나 심심할까 해서 아버지가 궁금했다.

부엌 찬장 밑 흙속에 심어 둔 백합 뿌리가 있다. 누가 어디 아파서 약으로 드실 요량으로 심어 놓으셨는지….

꽃밭에는 양귀비도 심어 놓았는데 꽃을 피우기 위해서라면 왜 그늘진 부엌 밑에 심어 두었을까?

백합꽃이 꽃밭에서 꽃 피는 걸 본 적은 없었는데 흙속에서 하얀 백합 뿌리가 이빨처럼 삐죽삐죽 순을 내비칠 땐 약간 징그러워 깜짝깜짝 놀랐다.

- 백합 뿌리가 왜 그렇게 많이 있었지? 아버지가 어디 아프신가? 그러고 보니 항상 주무셨었지… 어쨌든 한 번 아버지를 보러

가야겠다!

 남편에게 목욕탕 간다고 얼마를 받아서 그 돈으로 시장에 나가 닭을 두 마리 샀다. 집에서 옷 갈아입고 그걸 들고 대문을 밀고 막 나서는데!

 막내 시누이와 딱 마주쳤다!

 "어디 가?"

 나는 무슨 나쁜 짓 하다 들킨 사람처럼 깜짝 놀랐다.

 "네, 친정에!"

 "근데 그건 뭐야?"

 "네, 아버지 드리려고~."

 - 그건 뭐야 라니? 뭐면!

 - 자긴 출가외인이면서 내가 하는 일에 왜 그렇게 자초지종을 알아야 해?!

 기분이 살짝 나빠지면서 허둥대는 내 모습이 더 창피하다.

 가슴께가 싸아~ 하다.

 "네, 다녀올게요."

 대답도 듣지 않고, 빨리 갔다 와서 저녁을 해야겠기에 서둘러 버스정류장으로 향했다. 내가 왜 그 시누이에게 잘못한 것도 없는데 취조당하는 기분일까?

 참 묘하다.

 버스 손잡이에 매달려가면서 내내 기분이 그랬다. 이대 입구에서 내려 눈에 익었던 길을 걸으니 기분이 좀 풀렸다. 이제는 쳐다봐도 아무런 느낌도 없는 파출소를 지나 집으로 가는 언덕길을 오르고 있다.

- 이사 간 그 남학생은 잘 살고 있겠지.

- 오백만 원쯤 들었음직한 두툼한 편지를 건네던 여드름투성이 그 남학생도 잘 살고 있을 테고.

공터엔 그 때처럼 여전히 아이들이 놀고 있었다.

"아버지!"

"나 왔어요!"

대문부터 소리 지르고 들어가는 나 때문에 주무시다 일어나시는 아버지는 많이 여위고 늙어 보이시고, 힘없어 보인다.

할머니가 이 모습을 보신다면 속상하실 것 같다!

"음, 이 서방은? 혼자 왔어?"

"혼자 왔어요."

"아버지 잠깐 보고 가려고!"

"음, 이 서방은 회사 갔지?"

"네!"

"뭐 하세요?"

"음, 잤어."

아버지 어디 아프시냐고 물어보지는 않았다.

아파도 안 아프다고 하실 게 뻔하고 내가 그런 생각 하는 줄 알면 불편하실까 봐. 열심히 눈으로만 살폈다. 뭔지 모르지만 많이 여위었고 힘이 없어 보인다.

젊었을 때는 그렇게 '대장'이셨는데….

런닝셔츠 위로 드러난 어깻죽지가 뼈만 앙상해 보인다.

- 나이가 드셔서 그런가?

맘이 너무 아프다!

- 늙는다는 건 여자보다 남자가 더 비참하구나! 어린 나에겐 천하장사로 보였던 아버지가! 내가 성인이 되었으니 아버지가 늙는 건가.

무상하다.

- 시간을 지배하던 아버지가 텅 빈방에 홀로 누워 시간에 지배당하고 있다. 내가 시집갈 땐 부잣집으로 시집가서 우리 엄마, 아빠 호강 시켜 드리려고 했는데.

가져 온 닭 두 마리를 씻어서 들통에 넣고 연탄불 위에 올려 놓았다.

"거기 그냥 두고 어서 가 봐야지."

"응? 왜요?

"이거 아버지 해 드리고 갈려고."

"집에 얘기하고 왔어?"

"응, 올 때 막내 시누이가 봤는데, 괜찮아요."

"괜찮긴! 어른들 걱정하셔 어서 가 봐!"

"왜 그렇게 오자마자 가래?"

"나중에 이 서방이랑 같이 와서 오래 놀다 가면 되지!"

"어서 가라! 집에서들 기다리신다!"

"금방 어두워져! 어서!"

"아니 무슨 어두워지긴, 대낮인데…."

- '쓸데없이 이런 건 사가지고 와서 귀찮게 하냐! 이 서방이 사

온 것도 아니고 니가 무슨 돈으로' 하시는 건 아닌가? 오히려 더 불편하게 만든 건가? 참 성가시다 모처럼 딸 노릇 좀 하려고 했는데….

갑자기 명랑하게 웃으며,

"알았어요, 나 갈께, 아버지."

"저거 넘치나 잘 보세요. 맛있게 많이 드세요?"

"오냐, 그래 차 조심하고 잘 가라! 잘 먹으마."

시어머님이 하시던 가게는 내가 나가게 되었다. 남편한테 목욕탕 간다고 하고 그 돈으로 아버지 몸보신 시켜 드리는 건 좀 자존심이 상하는 일이었다. 젊은 내가 벌어야 될 것 같다.

새벽에 나가서 밤 12시까지 가게 일을 하고 중간에 점심, 저녁 지어서 가게에 내가고 생선가게에서 나오는 나무 상자들을 주워다가 담벼락에 세워 말려서 아궁이에 땔감으로 마련하고 부엌엔 수도가 없고 마당에 있어서 마당에서 쌀을 씻어서 부엌 가마솥에서 밥을 하는 구조였다.

무슨 부잣집으로 시집을 간다더니 친정은 연탄 아궁이였는데 이 부잣집은 시장에서 생선상자를 주워 다가 말려서 땔감으로 쓰는 가마솥 아궁이다.

그런데 이상한 것이 생전 듣도 보도 못한 일을 나는 시댁 문지방을 넘어서면서부터 자동으로 평생 그렇게 살고 있는 사람처럼 하고 있었다.

"어머! 이건 처음 해 보는 건데"하는 생각은 안 들고 무조건 자동이었다!

인절미는 방앗간에서 빼오는 건 줄 알았는데 이 부잣집은 찹쌀을 그 가마솥에서 쪄서 빨간 고무다라에 놓고 절굿공이로 찧어서 인절미를 만들고, 고추장도 그렇게 했다. 손바닥이 부르터도 다른 손으로 바꿔가면서 하고 있다.

절에 인사하러 갔을 때 생활력이 강하다고 하시더니….

부잣집에서 호강만 하고 살면 될 텐데 무슨 생활력이 필요할까?! 나에게는 해당사항이 없는 줄 알았다.

그렇지만 잘 하고 있었다.

손이 부르트고 코피를 자주 쏟아도 마음이 불편하거나 내 할 일이 아니라는 생각이 한 번도 안 드는 게 이상했다.

집안 일뿐만이 아니다.

시장 사람들 상대로 일수놀이도 한다.

돈이 필요한 사람에게 50만 원이고 100만 원이고 빌려 주고 날마다 이자와 원금을 받으러 다니는 일이었다.

이건 신랑이 시켜서 하는 일이었다. 하라는 대로 하면 되었지만 돈을 받으면 집에 와서 장부와 일수도장 찍은 것과 대조를 해야 한다.

그렇게 얼마를 하니, 가게 하루 매상만도 신랑 월급보다 많았다. 신랑한테 회사를 그만두고 가게 일을 같이 하자고 했다. 얼마 되지도 않는 월급이 아까운 걸까?! 회사 다니는 게 좋은가?! 자기가 판단하고 결정한 일인데도 회사 그만두는 날 그렇게 섭섭해 하면서 소주를 계속 마셔댔다.

- 저렇게 서운한가?!

이해가 좀 안 됐다.

- 더 잘 되자고 하는 건데.

그럼 그냥 다니게 할 걸 그랬나? 싶었다.

신랑과 나는 너무 열심히 가게 일을 했다. 시부모님들은 아침에 가게에 나와서 용돈 받아가는 게 유일한 낙이셨다.

직장도 그만두고 두 손 걷어 부치고 일하는 것에 대해서 시장 사람들은

"어떻게 저렇게 달라지나 사람이?"

"목소리 한 번 들어 본 적이 없었는데….'

"딴 사람이 됐어! 딴 사람이!"

"색시보고 웃고 말하는 걸 보니 신기하네!"

- 아니 도대체 시장에서 얼마나 폼을 잡고 다녔기에.

땅을 사다

별 보고 나가서 별 보고 들어오길 몇 년!

정말 열심히 살다보니 돈이 조금씩 모이기 시작했다!

천호동쪽은 땅값이 싸다는데…시장에서 사람들에게 들은 풍월이 있어서….

"구경 한번 가볼까?"

저녁 먹으며 신랑한테 물었다.

"한번 가 봐, 어떤지!"

버스를 타고 천호동이라고 하는 곳을 처음 가 봤다. 복덕방을 찾으니 할아버지 두 분이 장기를 두고 계셨다.

"저기 여기 돈 조금 가지고 살 땅이 있을까요?"

장기를 두던 할아버지가 얼굴을 들어 힐끗 쳐다본다. 웬 젊은 여자가 허름한 잠바를 입고 서 있는 걸 보더니 아래위로 훑어보다가

"돈이 얼마나 있는데?"

"한 오백만 원쯤…."

"음, 하나 있긴 있는데."

"팔라나?"

"어딘데요?"

"좀 볼 수 있을까요?"

"보나마나 평평하고 좋아, 그나저나 가만 있어 봐."

"내 주인한테 팔건지 물어나 보지!"

"팔을래나 몰라?!"

"어디 내 물어보지."

"좀 기다려 봐요, 내 금방 갔다 올 테니."

"네 기다릴게요, 다녀 오세요."

벽에 걸린 숫자가 큰 글씨로 된 달력을 괜히 쳐다보다가, 열어 놓은 문으로 밖을 내다보다가 그렇게 한참을 기다리게 하더니

"오래 기다렸수, 마침 주인이 있길래 만났네! 어찌나 바쁜 사람 인지 통 만날 수가 없는 사람인데 판다네!"

"계약금 가져왔수?"

"네, 얼마나 많이 걸어야 하나요?"

"응 10%! 10%!"

"조금만 걸지 뭐!"

"계약서 쓰지 뭐, 당장!"

"네!"

"잠깐만 은행 좀 다녀와서요. 여기 은행이 어디쯤 있어요?"

"거기 버스정류장 앞에!"

"이렇게 잘 생긴 땅 만나기 쉽지 않아~."

"연대가 딱 맞았네. 오늘 아주 그냥!"

"여기 도장 찍고."

"여기 도장 찍고, 옳지!"

"그 잔금 날짜에 꼭 맞춰 와요!"

"아주 잘 샀어! 잘 샀어!"

계약서 쓰고 계약금을 건넨 뒤 땅주인이 돌아가고 나서

"근데 할아버지 땅 좀 볼 수 있어요?"

"계약했으니까요!"

난 아주 사정을 하고 있다.

"그래요, 볼 수 있지!"

"바로 요기야!"

"얼마나 잘 생겼는지 보나 마나야."

"땅이야 뭐 나무랄 데 있나?"

계약서 쓸 때는 아무렇지 않았는데 땅을 볼 수 있다니 가슴이
두근두근 한다.

골목을 돌아서니 바로 맨 땅이 나온다.

"응?!"

집이 동그랗게 다 들어서 있는데 우물처럼 맨 땅이 거기 있었다.

"여기에요?"

"네, 여기에요."

- 아니, 길이 하나 밖에 없나?

"길은 그럼 이거 하나에요?"

"아 그럼, 여기 길이 이렇게 넓은 길인데 뭐!"

"2차선이면 충분하지 뭐~."

"자동차 왕복 두 대 충분히 들어가는 길이야!"

- 그런 것도 같고, 아닌 것도 같고.

- 이쪽으로 들어가면 저쪽으로 나가는 길이라도 있어야 되는 거 아닌가?

우리 가게는 '카도' 자리라 값이 나간다고 자랑스럽게 얘기하는 걸 줄 창 들은 터라… 또 처음 사 보는 땅이라 그렇다면 그런 것 같고, 아닌 것도 같고….

"오늘 땅 보러 갔었어."

신랑한테 말했다.

"그냥 보러만 갔는데, 계약했다?!"

"계약을 해?"

"응."

"잘 생긴 땅이라고 하는데 길이 하나야!"

"길이 하나라니?"

"삥~ 둘러서 집이구 가운데 땅이 딱 있다!"

"막다른 골목이구만."

"한 번 가 볼래?"

"나중에!"

별로 반가워하지 않는다. 근데 그게 맞는 것 같다.

나도 그렇게 잘한 것 같은 생각은 안 드니까.

"어쨌든 계약했으니까 거기 날짜에 맞춰 돈 가지고 가야 해! 알았지?!"

가게는 날로 번창하고 돈이 모아져서 세준 가게를 내보내고 직접 내가 옆 가게를 하겠다고 했다. 인테리어를 하고 가게를 예쁘게 오픈했다. 때마침 셋째가 들어서서 입덧이 심해서 도저히 몸을 가눌 수가 없었다.

가게 문을 열고는 앉아 있기도 힘들어서 계속 누워 있어야 했다.

결국 그 가게는 다시 세를 주기로 하고 집으로 들어갔다.

처음으로 땅이란 걸 사 놓고, 칭찬도 못 받고, 땅이니까 누가 집어가지는 않겠지 하고 1년 반이 지났다.

어느 날 복덕방이라면서 전화가 왔다.

"열두 배"를 줄 테니 팔라고 했다. 이렇게 되면 사람이 욕심이 생긴다. 잘못 산 땅인 줄 알고 거의 잊고 있었는데 갑자기 열두 배를 준다니… 열다섯 배나 스무 배는 안 될라나?

- 이게 뭐길래 갑자기 열두 배를 준다나?

- 복덩어리인가?

- 잘 생긴 땅이라더니 이걸 어쩐다?

- 팔지 말고 그냥 가지고 있어?

아주 돈이 된다고 하니 별 생각이 다 든다.

여기서 우리는 결단을 내렸다. 그 땅을 팔고 이 오래된 기와집을 신식 이층양옥으로 옮겨 이사 가자고.

- 도대체 꽉 막힌 그 땅을 누가 뭐 하려고 살까?

교회에서 그 땅을 사서 교회를 짓는단다. 그 교회에 땅을 주고 그 돈으로 우린 집을 세 채를 사서 둘은 둘째 시누이남편과 조카들에 잠실에 아파트를 하나 사 주고 6남매를 데리고 전세로만 살았던 우리 친정에 천호동에다가 연립주택 하나 사 주고 우리는 화양동에 2층집을 샀다.

그 잘생긴 땅이 우리에게 이렇게 복을 주었다.

막내가 4살 되던 해, 붉은 장미가 담장으로 쏟아지던 초여름 화양동으로 이사했다.

포도나무와 잘생긴 대추나무가 아름답고 탐스러운 열매를 주렁주렁 매달아 지나가는 사람들도 따먹을 수 있을 만큼 크다.

집이 너무 크니까 일하는 아이도 새로 들어오고 시어머니가 아이들을 봐주시고 갑자기 중전마마가 된 듯하다.

앞집 엄마하고 운전 면허시험 보러 다니고, 꽃꽂이 다니고, 요리학원에, 아이들은 피아노학원, 바이올린학원, 주산학원, 태권도학원, 속셈학원. 환경이 바뀌니까 사람 생활이 달라졌다.

음식은 요리학원에서 배운 걸 해먹고 더 이상 생선궤짝을 말려볼 때는 일도 없고 깨끗해서 자꾸 만져 보는 싱크대, 욕실은 화장실과 분리되어 있었고 이 층에도 욕실이 있었다. 집안 곳곳에 꽃 꽂이가 놓이고 사람 사는 것같이 살게 되었다.

어디 가야 아이들 옷이 예쁜 걸 파나, 그것이 관심사고, 이층침 대를 사 주고, 카펫을 사고, 침대 이불을 고르고….

큰애가 초등학교에 입학했는데, 출석 부를 때 대답을 못한다거나 하는 일은 없었다. 모든 일은 내가 원하는 것 이상으로 잘 돼 갔다.

아들은 친구들이 놀자고 대문 앞에 서 있어도 문제집 한 권을 다 풀어 놓고 나가서 놀았다.

"잠깐 기다려!"

하고는 문제집을 끝까지 다 풀고 나간다.

"친구들 기다리니까 그냥 나가서 놀고 나중에 해도 된다고 해 도 공부 욕심이 많아서 문제집 한 권을 그 자리에서 다 푼다. 금방 해치우고 놀러 나가면 동생하고 구슬도 주머니 가득, 딱지도 두 손 가득 담아 들고 들어온다.

큰아들은 전교회장이고 그 덕에 나는 자동으로 어머니회장이 된다. 종합병원 원장 사모님이 찬조를 잘해도 나에게 어머니 회장 이 주어졌다. 아무리 생각해도 무슨 일인지 모르겠다.

입이 보살이 될까 봐! 누구에게도 자랑도 안 한다! 분명 어느 신 이 나를 도우신다는 점은 믿어 의심치 않았다.

노력을 해야 성과가 주어지는 건데 가만히 있어도 상상조차 못 한 일들이 펼쳐진다.

- 천국이 있다면 이런 걸까?

나도 어렸을 적 워크북 수련장이 갖고 싶어서 그 수련장만 사

준다면 금방 하루에 다 풀어 버릴 것 같은 생각이 든 시절이 있었다. 그렇게 갖고 싶었다.

지금 이 아이가 워크북 수련장을 앉은 자리에서 한 권을 다 풀고 있다. 아무런 힘도 들이지 않고 그냥 체크해 나간다. 쉽게 쉽게! 분명 간절한 바람이 자손에게 이어지는 면이 있다고 본다.

사람이 진화를 계속한다면 인간은 상상할 수 없을 정도의 진화를 하겠지만 그것은 부분 부분인 것 같다. 모든 면에서의 진화는 아니고 부분에서만…. 하기야 그렇게 좋은 점만 좋은 면으로만 진화한다면 어떻게 누가 감당할 것인가. 열 달이 필요한 것처럼 어떠한 틀에서만 진화가 가능하다!

나는 도와주시는 신이 누구신지 알고 싶다!

경배 드리고 싶다!

고맙고 고마우신 누군가에게 감사드린다!

아이들과 상장으로 책을 만들고 우표 책도 만들고, 삼부자가 OB베어스 야구 복으로 차려 입고 운동하러 나가는 모습을 보며 내 가정이 충실하고 내 주위가 편안하며 만나는 사람마다 웃음이 넘치는 일상이 너무 감사하다!

하늘을 우러러 안녕하고 나무도, 새도, 꽃도 아름답다!

양복을 잘 입으시고 오신 친정아버지와 앉아서 장기를 둔다. 아버지는 꼭 이긴다. 장난으로라도 나한테 한 번 져 주시지도 않는다.

친정엄마는 부엌일도 도와주시고 넓은 집이라 걸레질도 씩씩하게 잘 해주지만 일하는 애도 있는데 부담스럽다.

- 그냥 앉아 있어도 되는데….

수영장에 공습경보 울리다

어린이 회관에서 주최하는 수영 강습회에 아이들 셋을 등록하고 오늘이 수료식이다. 기본, 자유형, 배영. 다 마치고 수료장을 받고 엄마 아빠도 수영복을 입고 모처럼 가족이 물속에 다 들어가 있다.

햇빛은 화창하고, 파란 물은 햇빛으로 반짝이고 물빛과 햇빛으로 반짝 반짝 빛나던 8월,

'아빠, 배고파!'

"그래 뭐 좀 먹자!"

싸가지고 간 김밥과 샌드위치, 과일 등을 꺼내 놓고 음료수를 사러간다고 아빠와 아들 둘은 매점으로 갔다.

그때, 갑자기 마이크에서 큰 소리가 났다. 음악이 멈추더니 사이렌 소리가 요란하다!

"공습경계 경보입니다!"

"공습경계 경보입니다!"

"시민들은 속히 집으로 귀가하시기 바랍니다!"

"시민들은 속히 집으로 귀가하시기 바랍니다!"

"실제 상황입니다!"

"종희야, 뭐라는 거야?"

"몰라, 엄마! 아빠 어디 가서 안 와?"

"오겠지, 저기 오네!"

"이게 왜 이래요?"

잃어버린 시절

"사람들이 왜들 저래? 전쟁 났나?"

들고 있던 음료수를 내려 놓더니

"빨리 집으로 가자!"

벌거벗고 놀던 시민들은 옷을 가지고 귀가 준비를 한다. 뛰는 사람도 있다. 라디오를 켜서 듣는 사람, 우왕좌왕.

느긋하게 놀던 사람이 아수라장이 됐다. 우리는 아이들에게 젖은 수영복 입은 채로 그 위에 그냥 옷들을 입혔다.

"빨리 가자!"

벌거벗은 채 전쟁이 터진다는 건 정말 웃지도 못할 일이다.

정말 대책이 없다. 이런 일이 생기다니. 수영복 차림에 전쟁?

급히 차를 타고 집으로 간다. 아직 거리엔 차들이 다닌다.

라디오에선 사이렌 소리뿐 가끔 "공습경계경보입니다. 시민들은 속히 귀가하시기 바랍니다. 실제 상황입니다!"만 되풀이하고 있다.

"다들 집밖에 나가지 말고 꼼짝 말고 있어."

아이들에게 주의를 시키고 상황이 심상치 않다는 걸 알려 주지만, 아이들은 왜 또 이러나? 싶은 눈치다.

이 집에 이사 온 해 겨울에도 12·12 사태로 전두환 사건이 있었고, 올해 2월에도 미그기 비행기를 몰고 귀순한 이웅평 소령 사건도 있었다. 남북으로 대치 상태에 있는 우리나라는 항상 분단된 현실을 인내하며 살지만 최근 자주 이런 사건이 생길 때마다 놀라고, 진정되면 또 잊어버리고 산다.

"손천근 조종사 망명으로 인하여 인천이 폭격당하고 있습니다.

실제 상황입니다! 시민들은 외출을 자제하시고 계속 라디오에 귀를 기울여 주십시오!"

밤엔 불도 켜지 못하고 달빛으로 살아야 했다.

- 일본이 쳐들어와 내 나라 안방에서 국모를 살해하고 가질 않나! 직속부하가 대통령을 살해해 국군이 반란을 일으키질 않나!

라디오에서 걱정하고 있는 시민들은 모범적으로 잘 살고 있는데 나라를 운영하는 정치인, 국군, 지도층들은 무엇 때문에 시민들을 이렇게 공포에 떨게 하는지 묻고 싶다.

이게 살기 좋은 삼천리 무궁화 금수강산이란 말인가?!

중학교 다닐 때는 4·19 때문에 최루탄 가스로 눈물 나게 하고 5·16 사태, 12·12 사태. 심심하면 판문점 회담.

도대체 지금 잘못했다고 감옥에 있는 죄수들보다 떳떳한 사람들이 지도층에 있고 정치한다고 하는 건가?!

온가족이 수영복 차림으로 전쟁 나서 폭탄으로 죽는다고 생각하니 공포보다는 자존심이 상해서 울화통이 터진다.

언제 적 38선이고 언제 적 남북 분단국가인가.

이토록 해결이 안 될 문제라면 각자 노선 지키면서 남북으로 그냥 살던지 찔끔찔끔 하지 말고 탁 터서 그냥 같이 살던지, 언제까지 국민들은 우르르 쫓겨다녀야만 하나! 이런 거 하나 해결 못하면서 선거 때 벽보에 사진 크게 붙여 놓고, 너는 내 욕하고 나는 니 욕하고 서로 손가락질만 하고 있는 사람들은 웃기는 사람들인가 그냥 뻔뻔한 사람들인가!

다시 거리엔 사람들이 다니기 시작했다. 학교도 가고 출근도 하고 또 유야무야 '눈 가리고 아웅' 하며 살아간다.

놀랜 얘기 하자고 친구들을 불러서 음식도 먹으며 주말마다 수락산으로 놀러 다녔다. 세집 가족이 모이면 아이들은 아이들대로, 주부들은 주부들대로, 남자들은 남자들대로 모여 앉아 시간 가는 줄 모르고 이야기꽃을 피운다.

설악산

설악산에 남편 친구가족 세 집과 여름휴가를 왔다.

진초록 나무들이 우거지고, 새가 울고, 공기도 맑다.

우리는 편편한 곳을 찾아서 텐트를 쳤다. 계곡물에 발을 담그고, 식사 준비를 하고, 즐거운 여름휴가를 보내고 있다.

휴가는 정말 필요하다.

바쁜 일상에서 잠시 친한 사람들과 모여 유쾌한 시간을 갖는 건 참 좋은 일이다. 저녁을 먹고 바로 각자 텐트에서 잠을 자고 아침 일찍 어른들은 일어나 모닝커피 한 잔씩 하고 있다. 숲속 공기가 좋은지 어제 술을 마셨는데도 얼굴들이 환하다! 피곤해 보이지 않는다. 아이들도 하나둘씩 하품을 하며 각자의 텐트에서 나온다. 기지개를 키며 나오는 아이, 아직도 자고 있는 아이. 어른들은 말짱한데 아이들은 반대로 피곤해 한다. 여자 아이들은 엄마~ 하고 어리광을 피우며 텐트 밖으로 나오는데 기선, 기호 두 아들이 나오면서 아저씨, 아주머니께

"안녕히 주무셨어요?"

하고 인사를 한다.

남편 친구 분은 남편에게

"야, 무안하게 쟤네들은 무슨 그런 인사를 하냐?"

"니네 애들은 안 해? 인사?"

"무슨 아침에 인사를 하나?"

"뭐, 매일 아침마다 할머니한테 하는 인사니까 눈 뜨면 자동으로 나오는 거지!"

"어! 집에 할머니가 계셔서 그렇구나!"

"어, 그래."

"빨리도 말한다. 임마!"

- 그러고 보니까 우리 집만 시어머니가 계시고 다른 집들은 편하게 다 핵가족이네!

"뭐 해 줄까?"

"오색약수로 지은 밥이 연두색이에요!"

"이거 보세요."

"진짜 밥이 파라네요."

"자, 밥들 먹자."

물도 마시니까 사이다처럼 속이 찌르르하다. 어른들은 오색약수를 다 좋아하는데 아이들은 별로 맛없는지 얼굴을 찡그린다. 어쨌든 그 물로 밥을 했으니 먹은 거지~.

밥을 먹고 계곡물에 물고기 잡는다고 다들 몰려간다.

여의도 국풍 80

여의도에서는 '국풍80' 잔치가 벌어졌다. 전국의 특산품이 다 모였다. 쭉 구경하면서 평소에 장만하고 싶었던 '강화 화문석'을 하나 샀다.

이것저것 둘러보던 중에 아이를 잃어버렸다! 아무리 둘러봐도 찾지 못했다! 미아보호소도 찾아봤지만 없고 관계자에게 부탁해서 방송을 여러 번 해도 아이를 못 찾고 있다! 발을 동동 구르고 이 많은 사람 중에 못 찾으면 어떡하나? 눈앞에 캄캄하다. 마음먹고 산 화문석을 들고 서 있어서 무거워서 어디 다니며 찾아 볼 수도 없이 서 있다. 찾으러 간 식구들까지도 잃어버릴까 봐 걱정이다. 사람이 너무 많다! 이럴 줄 알았으면 줄이라도 잡고 다닐걸! 별생각을 다 하며, 둘러보고 오는 식구들은 서로 얼굴만 쳐다보고 다시 찾으러 간다. 그렇게 얼마를 서 있다가 이젠 큰일 났다, 도저히 찾을 방법이 없다고 실망하고 있는데 아이가 나타났다!

"엄마!"

"어디 갔었어!"

"다들 그 쪽으로 가길래 갔다가 왔더니 우리 식구들이 하나도 없잖아."

"얼마나 찾았는데~."

"나도 찾았지!"

"방송 못 들었어?"

"아니."

- 그 많은 사람 속에서 엄마, 아빠를 잃어버려 본인도 놀랐을 텐데, 아무것도 보이지 않는데, 방송이 들릴 리가 없지.

"여러 번 방송했어. 이기선 찾는다고."

"못 들었는데."

"아무리 찾아도 없더라."

"그런데 어떻게 엄마를 찾았어?"

"위를 보니까 우리가 아까 산 돗자리가 보여서"

"이 돗자리?"

"응 아까 이거 엄마가 샀잖아!"

"그렇지!"

"돗자리 보고 잃어버린 엄마 찾았구나?"

- 어쨌든 다행이다.

"이 사람 많은 중에 큰일 날 뻔했네!"

"이 돗자리 잘 샀네!"

"아유, 살았다! 잃어버린 줄 알고 얼마나 걱정했는데."

"손들 꼭 잡아 다시는 잃어버리지 않게!"

"또! 돗자리 보고 찾아올 텐데 뭐!"

"남한산성으로 밥 먹으러 간다."

"야, 날씨 너무 덥다."

"차 속도 뜨거워서 앉아 있을 수가 없어!"

"무슨 날씨가 이렇게 덥냐?"

"얘들아, 그쪽으로 너무 가면 위험해!"

"낭떠러지 쪽으로 가지 마!"

잃어버린시절

엄마들은 날씨는 덥지, 한시도 가만히 있지를 않는 아이들 도망 갈까 챙겨야지, 놀기는 해야지!

그늘 찾기 바쁘지만 남한산성은 딱히 햇빛을 피할 곳이 마땅찮다.

"그늘이 없어 그늘이."

꽃구경이나 한다고 거리 양쪽으로 늘어선 꽃이나 보고 있어야 지 더위를 잊으려나?

"엄마, 기호 좀 봐! 잠자리를 50마리도 더 잡았어!"

보니까 꽃 위에 맨 잠자리다. 잠자리 천지다! 사람이 가면 "휙" 날아서 도망가는데 기호는 살금살금 잘도 잡는다. 금방 잡고 또 잡고. 눈에 보이는 데로 한 마리도 놓치지 않고 잡는다. 아줌마들 은 그거 본다고 더위도 잊은 듯하다.

꽃 위에 앉은 잠자리를 살짝 들어서 잡으면 또 날아와서 잡히 고, 또 잡히고, 잠자리 때가 무더기로 줄서서 잡히고 있다. 모자 가 득 잡았다.

"기호야, 그거 다 놔 줘!"

"놔 줘?"

"응."

"아깝다."

"아깝긴."

"빨리 놔 줘. 날아가게."

"알았어!"

모자를 뒤집으니 바로 다 날아간다.

"저 땀 좀 봐."

"왜 그렇게 잡아."

"얼굴이 까매졌어. 그거 잡는다고."

"인제 그만해 그런 거."

또 누나는

"엄마 재 좀 봐. 드러워 죽겠어!"

"왜!"

"운동화에다가~."

꽃밭 옆 웅덩이에서 올챙이를 운동화 가득 담아가지고 있다.

아줌마들이 들여다보고

"이거 올챙이다."

"아이, 징그러워."

"물컹물컹해!"

"이거 어떻게 잡았니?"

"저기 있는데."

"안 징그러워?"

"아니, 재밌는데!"

"그거 다 개구리 될 꺼야, 놔 줘. 살게."

말간 물 덩어리 속에 까만 점들이 수없이 많다.

"아이, 재는 도대체 징그럽지도 않나?"

운동화 가득 담아가지고 또 잡으려고 만진다.

"이제 그만해, 징그러워!"

"뭐가 징그러워, 재밌는데."

"저쪽에는 시원한데, 왜~."
"다음 주에는 독립기념관 간다."
약속하고 다들 헤어졌다.

독립기념관

차 타고 내려서 간 곳은 아직 개관 준비가 덜 된 상태였다. 그래도 사람들은 줄서서 기다리고 있다. 일반 관람이 가능해서 우리도 들어갔다.

- 박물관 모습과 비슷하네.

단군할아버지의 자손으로 반만년 역사의 단일민족인 우리가 도대체 누구로부터의 독립이라고 독립기념관인가?

도대체 일본에게 나라를 침략당한 수치스러운 선조들의 과오를 그것도 처참한 모습을 낱낱이 후손들에게 전하기 위해서 이런 예산을 들여 이렇게 거창한 건물로 길이 보존하라고….

국민들은 피와 땀 같은 세금을 내고 정부는 일본한테 나라를 빼앗겨서 저렇게 핍박을 받다가 우리나라가 바로 섰으니 이걸 두고 두고 기념해야 한다고 이런 걸 지었나? 도대체 무슨 생각들을 하고 앉아 있는지 모르겠다. '민족적 자존심' 상할 일을 하고 싶으면 최소한 반상회에서라도 국민들의 의견을 물어보고 했으면 좋겠다.

- 왜? 위안부 할머니들 기념관도 옆에다가 세트로 짓지?!

아이들에게 낯 뜨거워서 뭐라고 설명할 수가 없다.

독도와 위안부만 문제가 아니다. 독도, 한일합방, 위안부, 더 큰 사건인 명성황후에 대해서는 왜 침묵하고 있는가! 하늘 아래 어느 나라에서 다른 나라 사람이 쳐들어와 그 나라 황후를 칼로 찔러 능욕을 하고 음부를 도려내어 그곳에 기름을 붓고 불태워 죽인 일이 있겠는가? 내 집 안방에서 사람으로서 하지 못할 일이 벌어졌음을 만천하에 공개하여 분개해야 하지 않나? 기왕 지어진 독립기념관이면 명성황후 죽음을 그대로 재연해 독립기념관에서 폭로해야 한다. 일본이 신사참배하는 것처럼 우리도 독립기념관에서 명성황후 참배를 해야 한다.

"아! 볼 것 없다! 재미없다!"

"나가자!"

"여기까지 왔으니 전라도와 경상도가 만난다는 화개장터나 가보자."

마침 오일장이 섰다.

호박엿을 구성지게 파는 곳으로 간다. 이에 붙지 않으니 먹어보라고 해서 하나씩 입에 넣고 맛보는데 아직 주차장에서 이쪽으로 오고 있는 아빠에게 큰 아이가 엿을 가지고 뛰어간다.

"아빠! 엿 먹어!"

어찌나 큰소리로 외쳤는지 주위 사람들이 그 소리에 깔깔대고 웃는다.

"아빠! 엿 먹어!"

모르는 사람들도 다들 우스워 죽겠다고 배꼽을 잡는데 그게 무슨 말인지도 모르고 아빠 입에 엿을 넣어 주고 있다.

시어머님이 돌아가시다

셋째 시누이 집으로 나들이 가셨던 시어머님이 쓰러지셨다.

시누이가 병원으로 오라고 해서 갔더니 말씀도 못 하시고 눈만 뜨고 계신다.

병원에서는 중풍이라고 하지 않고 뇌졸중, 뇌경색이라고 하면서 이 상태로 3년 아니면 더 길어질 수도 있다고 한다.

병원에서는 더 이상 해드릴 게 없고 집으로 모셔가도 된다고 한다.

75세! 그렇게 건강하시던 분이 누워서 식구들에게 말 한마디 못 하고 계신다. 평소에 고혈압이라고는 들어봤지만 딱히 감기나 잔병치레도 없으셨고 엎드려서 손주를 말 태우고 기어다니시던 분이 딸네 집 놀러 가서 바로 병원으로 실려 가셨다. 뭐라고 한마디라도 해 보시면 좋겠다.

집에 아픈 노인이 계시니까 친척들의 병문안이 끊이지 않는다. 시누이들이 기저귀며 비닐깔개 들을 사온다. 늙으면 딸네집도 맘대로 가는 게 아니라는 둥 3년 내에 안 돌아가시면 9년, 11년, 13년을 사신다는 둥 걱정들도 많고 말들도 많다.

알아들으시는지, 못 알아들으시는지 도무지 반응이 없으시다.

바로 미장원으로 가서 긴 머리를 쇼트커트로 잘랐다. 더 이상 머리 손질이 필요 없게 짧게 자르고 들은 대로 얼마나 길어질지 모르는 상태에 일단은 대비하기로 마음을 먹고 식구들 음식은 아쉬운 데로 집에서 일하는 아이에게 맡기고 시어머니 일은 처음부터 끝가지 내가 돌봤다.

죽 끓이는 것. 몸 닦아 드리는 것. 똥, 오줌 갈아드리는 것….

여름이라 창문은 항상 열어 놓아야 했다. 기저귀를 시누이들이 처음에는 부드러운 천이라며 가져온 걸 계속 빨아 널어 말려서 해 드렸는데 누구 의견인지 한 달쯤 지나니까 1회용으로 사왔다. 그건 그냥 쓰레기통에 버리면 되니까 한결 수월해졌는데 계속 누워 계시니까 등에 살집이 짓무를까 오는 사람마다 등을 들춰 본다. 다행히 창문이 커서 통풍이 잘 돼서 그런지 등이 무르진 않으셨다.

그렇게 깨끗하시던 분이 며느리에게 모든 걸 다 던져 놓고 무심히 계시니 얼마나 자존심이 상하실까!

최대한 빨리 깔끔하게, 될 수 있으면 쳐다보지 않고 치웠다. 부끄러우실까 봐.

- 시어머니 되는 사람은 며느리에게 잘 해야겠구나.

- 언제 어떻게 신세질지 모르는 관계이니.

사람들은 누구라도 오자마자 엉덩이에 손부터 디민다. 얼굴도 보기 전에….

아이들은 할머니 옆에서 부채질을 해드리다가 조금 이상하면 "엄마! 할머니 똥 쌌어! 빨리 와!"하며 부른다. 일하는 아이에게는 그런 일은 시키지 않았다. 오직 엄마나 부른다.

일주일에 한 번 시누이들이 와서 목욕시켜 드리는 걸 돕는다. 머리 감기기. 시누들이 오면 머리를 감겨 드리고 목욕을 시켜 드리기 때문에 항상 말끔하시다.

확실히 딸들이 자주 오는 만큼 깨끗하신 것 같다. 워낙 평온한 얼굴 모습이고 깨끗하기 때문에 누구도 울거나 눈물짓는 사람들은 없다. 그냥 움직이지 못하니까 돕는 정도였다. 그렇게 3개월이 지났다.

대추나무에 대추 열매도 실하게 달렸고 날씨도 좀 선선해졌다. 곧 추석이다.

시고모님들이 오신다고 밖에서 놀던 아이들이

"엄마! 할머니들 와!"

하고 대문을 활짝 열어 놓고 뛰어 들어온다.

"응, 누구!"

하고 창문으로 내다보니 동네 입구에 시고모님 두 분이 기저귀 보따리를 하나씩 들고 걸어오신다. 대문에서

"오셨어요?"

현관 계단을 올라서 두 분이 차례대로 방문 앞에 들어서려는데 갑자기 누워 있던 시어머님이 상반신을 벌떡 일으키시며

"어디로 가나요!!"

"어디로 가나요!!"

하신다. 3개월 만에 들어 보는 음성이다. 모두 놀라서 입이 딱 벌어져서 누구도 아무도 말도 못하고 서 있는데 바로 그대로 도로 누워서 숨을 "헉" 하고 쉬시더니… 숨을 거두셨다.

숨을 안 쉬신다!

햇빛이 짱짱한 대낮이다!

고모님들은 바로

"음, 애비한테 연락해라…."

허무하다.

숨도 안 쉬는 시어머님 얼굴에 햇빛이 쏟아진다. 사람이 숨을 안 쉬는데도 햇빛은 무엄하게 바로 내리쬐고 있다! 아니 무심하게 얼굴로 햇빛이 마구 쏟아지고 있다.

그렇게 딸들이 이틀이 멀다하고 오고 하는데 마침 시고모님들이 오셨을 때 숨이 멈춰졌다! 고모님들은 마치 산 사람처럼 옆에 앉아 있다. 아들이 오고 나서 얼굴에 홑이불이 덮혀졌다.

시집와서 시아버지 돌아가셨을 때, 시할머니 돌아가셨을 때 다 시어머니가 계셔서 나는 구경만 했을 뿐인데 3년이다, 9년이다, 11년이다, 13년이다 해서 머리도 자르고 했는데 추한 모습을 며느리에게 3개월 이상은 더 이상 보여줄 수 없었나 보다. 멍하니 아무 생각이 없다.

"엄마, 할머니 돌아가셨어?"

"응, 할머니 돌아가셨어!"

시어머니 되는 사람은 며느리에게 떳떳할 수 없나 보다. 어차피 마지막 모습을 싫든 좋든 다 보여 줘야 할 사람이 며느리라면 어떻게 당당할 수 있겠는가? 시할머니, 시아버지, 시어머니, 시고모들 셋, 시누이들 셋, 일곱 명이 모여서 매일 손주 같은 며느리를 번갈아 드나들며 시집살이 시키던 시절이 끝났다.

시아버지가 돌아가셨을 땐 1년을 꼬박 마루에 상청을 모셔 놓고 조석으로 메 올리고 절하던 일도 "애미 하고 싶은 대로 해라!"

로 말들이 모아지고 시집살이가 이젠 내집살이로 되었다.

고추가 100근에서 40근로

사람이 숨 하나 끊어지니 이렇게 인심이 변하는구나.

23살에 시집와서 35세가 될 동안 그 많던 시집살이가 시어머니 숨 하나로 끝이 났다. 이후로는 집에 놀러오는 사람도 없고 내 흉 보는 사람도 없고, 다만 안성 땅에서 올라오던 고추가 100근에서 40근으로 준 것 외엔….

"고추가 병이 많아서 올해는 이것밖에 안 되네요!"

나는 100근이 얼만지 40근이 얼만지도 모르면서

"얼만데요?"

하고 사촌 시동생에게 물었다.

"40근이에요."

그냥 두었다. 겨울에 김장감 마련하면서 고추 손질할 때 시어머니 생각이 났다. 계셨으면 같이 다듬어 주셨을 텐데….

"어디 내 놔도 빠지지 않는 며느리야!"

하셨으면서 내가 해 드린 한산 세모시 하얀 한복은 나비 한 쌍 브로치를 단 채 한 번도 입은 모습을 보여 주지 않으셨던 시어머니! 외아들을 위해 아침마다 절에 참배 다니시던 시어머니! 가게 문 열고 절에 버스 타고 참배 갔다 오시면 아침 내다 드린 것 드시고 꾸벅꾸벅 조시던 시어머니!

외아들을 위해 그런 지극 정성인 것도 모르고 철 모르고 시집온 나!

그냥 시골 할머니 같이만 생각하고 잘난 내가 시집와 준 것만 대단하게 여기던 나!

- 외아들이 예쁘면 며느리도 예쁜 것 아냐? 잘해 주실 거야.

그건 신랑 말이고 신랑 생각이지 현실은 많이 달랐다. 너무 맘고생 심하게 시달렸고 매일 가게에 시누이 셋, 시고모 셋 모여 앉아 내 일거수일투족을 지켜보면서 뒷말 하던 일! 그래 그들의 일상이었으니까! 난 아무 짓도 안 했는데 시누이들 붙들고 우시던 시어머님! 왜 우시는지 나도 알고 싶은데… 쉬!쉬! 하면서 왕따시키던 일! 이렇게 허무하게 끝날 걸 가지고 그렇게 사람 가슴을 아프게 하시다니! 너무 허무해서 장례식 내내 나는 너무 크게 소리 내어 울었다.

시골에서 올라온 분들은, "당신 혼자 며느리 본 것처럼 그렇게 며느리 잘 얻었다고 남의 며느리 열 하고도 안 바꾼다고 자랑하셨는데 어떻게 돌아가셨데!!"라고 한다.

나한테도 좀 그렇게 표현하시지… 내가 용돈 드리면 받지도 않으시고 아들이 주면 받고… 무엇이 우리 사이를 가로막고 있었을까요? 나는 나대로 속상하고, 어머니는 어머니대로 속상한 관계가!

회상

처음 차 사던 날!

아이들하고 먼저 드라이브 시켜 주고 그 다음 어머니 혼자만 태우고 드라이브 시켜 드리고… 손주들도 같이 타라고 하실 줄 알았는데 당당히 혼자타고 아들하고만 드라이브하고 오신 귀여우신 분! 그 마음을 너무 잘 아는 아들!

차를 혼자 타시면 할 말도 없으실 텐데 그게 무슨 재미가 있을까? 이해가 안 됐지만.

그냥 차를 혼자 탄다는 것!

또 그걸 보는 나도 흐뭇하다는 것!

"얘들아 너희들도 커서 저렇게 해야 한다!"

"아들은 어머니가 뭘 좋아하는지 잘 알아야 해!"

금쪽같은 손주들, 금쪽같은 며느리지만

"아들은 내 꺼다! 봐라! 어떠냐!"

최고로 잘해 드리고 최고로 대접받고 싶은 며느리!

섭섭해하지 마라!

- 사실 평생을 외아들 하나 잘 되라고 불공 드리며 사신 세월이 얼만데 오늘 하루 호강쯤이야.

- 받아 주시는 게 고맙지!

부모님 은혜는 어찌해도 다 갚을 수 없다!

며느리는 압니다!

이미 최고로 대접 받았다는 걸!

그리고 친정엄마보다 더! 나에게 '어머니'였다는 것을 아시고 가시는 걸까?!

안방 문을 열고 나오던 나는 깜짝 놀라 세숫대야를 받았다.

"놔라!"

"아니 목욕탕에서 씻으라고 하면 되는데요!"

문을 탕 닫고 들어가시는 시어머니. 손녀 딸 앞에 따뜻한 물을 받아 대야에 들고 오셔서는 방바닥에 놓고

"고추부터 씻을까? 발부터 씻을까?"

"고추."

"그래, 어디 보자."

"깨끗이 씻어야 돼."

수건으로 톡톡 눌러 주고는

"자 , 그다음 발 내밀어 봐!"

"응!"

"발가락 사이사이 이렇게 꼼꼼히 닦아야지!"

한 참을 그렇게 주물주물 씻어 주시고는 무거운 스텐 대야를 들고 나오신다. 아무래도 물이 엎질러질 것 같아서 받으려고 하면 또 "놔둬라!" 하신다.

방문을 열어 보면 손주들을 말 태워 주신다고 방바닥을 엎드려 기어다니신다.

"저렇게 큰 애들을!"

그게 그렇게 좋은지 손주들은

"또 태워 줘! 또 태워 줘!"

"이번엔 내 차례야!"

한다.

머리카락을 다 흩어트리시면서 방바닥을 기어다니는 시어머니를 보고 어떤 며느리가 감사하지 않을까? 시어머니는 정이 많으신 분이었다.

- 나처럼!

- 욕심도 많고!

저녁밥 먹을 때면 어김없이 동네엔 시어머니 목소리로 쩌렁 쩌렁한다.

"기선아~~."

"기호야~~."

어느 집에 있는지 모르니까 무턱대고 동네 어느 집에 있어도 듣도록 목소리가 커지신다!

"기선아~~."

"기호야~~."

목청 좋은 수탉이 병아리 몰고오듯 개선장군처럼 두 손주 꼭 찾아서 몰고 대문을 들어서신다.

외아들 집에 시집와서 첫 딸 낳고 아들 낳기가 정승판서 하기보다 어렵다는데 살림 밑천 첫딸에 아들 둘 낳았으니

"맘대로 했네!"

"맘대로 했어!"

- 시어머니가 나를 미워할 이유가 없다!

"친정에서는 나보고 성을 이 씨로 바꿨어?"

"이런 색시 얻으려면 허리에 금줄 두르고 나야 돼!"

라고도 했지만

"그 자리가 중전마마 자리요!"

라고 하기도 했다.

큰시누이

큰 시누이는 우리 친정엄마와 친구 사이다.

그래서 결혼도 한 것이지만!

결혼하자마자 새색시가 장사한다고 걷어부치고 새벽같이 가게 문을 여는데(문짝을 하나하나 떼로 끼워 밀어 넣는 문짝) 문짝 채 밀어제쳐서 코피를 쏟고 땅바닥에 쓰러지게 해서야 쓰나! 무슨 이유인지도 모르고 당해야 했던 시절도 있었지!

이 건물까지도 가져야 속이 시원했나 보다.

"학교 갔다 오면 집에 아무도 없으니까 방에서 공 가지고 놀다가 공이 장롱위에 올라간 거야! 그래서 이불을 많이 쌓아 놓고 장롱위에 공 찾으러 올라갔더니 광주리에 돈이 가득 있었어!"

신랑이 말한다.

"그래서 어떻게 했어?!"

"어? 그냥 공만 가지고 내려왔지!"

"그리고 며칠 있다 보니까 돈이 다 없어진 거야! 근데 큰누나하고 매형이 밤에 밤새도록 돈을 세고 있더라고!"

- 그 말을 어떻게 나한테 할 생각을 했나?

이 집은 며느리가 필요한 게 아니고 해결사 민비가 필요했다!

시어머니 돌아가셨는데도 큰딸 큰사위는 오지 않았다!

조카들도 아무도 오지 않았다!

그 큰시누이가 몇 년 만에 (잊어버리고 있었는데) 며느리를 데리고 우리 집에를 찾아왔다.

"이렇게 연락도 없이 갑자기 오셨네요! 건강은 어떠세요?"

"응, 괜찮아!"

"우리 며느리야."

"네~."

"안녕하세요? 이렇게 인사드리네요."

"네~."

이렇게 쉬운 걸….

시어머니 돌아가셨을 때라도 오시지, 이제 오다니….

"식사라도 챙길까요?"

"금방 먹고 왔어."

"이제 얼굴 봤으니까 갈게."

"우리 집에도 한 번 와!"

"아니 애비 보고 가시지."

"곧 올 텐데요!"

"왔다 갔다고 해!"

"네~."

따라 나서는 나를 향해

"나오지 마. 애 있으니까."

- 아, 이렇게 착한 분이 그동안 세월은 뭐였나!

- 어머니 장례식 때만이라도 오시지 큰딸인데… 좋다 할까, 기막히다 할까, 서운하다 할까.

무슨 생각이 떠오르지 않는다.

- 어떻게 오게 됐을까?

- 나도 큰 딸이다!

- 친정이라고 엄마도 없는 집에 찾아온 심정이 어땠을까?!

가슴께가 싸아~ 하니 눈물이 핑 돈다.

나는 못 사는 친정 때문에 부끄러웠는데, 이 형님은…

형편은 다르지만 똑같은 큰딸인 점에서는 목이 메인다.

사람이 사는 데 형식은 꼭 필요한 것 같다. 작은창자, 큰창자가 길다고 있는 대로 다 내놓고 다니기보다는 뱃속에 구겨 넣어서 다니게 해 놓았으니까~.

생긴 모양이 그러니까 사는 방식도 형식에 맞게 사는 게 맞다. 항문이 더럽다고 잘라내고 예쁜 얼굴만 들고 다닐 수 있나?! 내용이야 어떻든! 나를 낳아 준 분이 숨을 거두었다는데 같은 서울에 살면서 어찌 안 가 볼 수가 있을까?

단지 나를 낳았다는 그 이유 하나만으로도 마지막 가시는 길에 인사는 해야지.

가슴이 아프다!
딸과 엄마 사이가!

기부

"안성서 마을회관 짓는다고 기부금 좀 내라는데!"

"해야죠!"

"저번에 우리 산 찾는다고 도장 받으러 다닐 때 다 협조해 주고 했는데 고마움을 표시해야 하지 않나?"

"모른 척하면 안 되죠."

"그러게!"

"그것도 그렇고."

"말바위골 위로 절이 하나 있대! 그 절에 길을 낸다는데 우리 산 쪽으로 길을 냈으면 좋겠다네, 어떡하지? 사정사정하는데 안 해 줄 수도 없고."

"아니 절에 길이 없었나?"

"그러게 말이야. 길이 없데. 지금 다니는 길은 너무 많이 돌아야 되서 신도들이 불편해서 절을 안 온다네!"

나는 조금 생각한 다음에 얘기했다.

"부처님한테 간다는데 길을 내줄 수 있으면 내줘야겠네!"

"그런데, 그게, 귀퉁이 조금 떼어 주면 되는 게 아니라 길을 내 려면 상당히 많이 내 줘야 돼! 길게~!

"그래두!"

"산에 길을 내서 밟고 다닌다고 산이 없어지는 것도 아니고, 내 주면 되지!"

"근데 나중에 말 많으면 안 되니까 서류로 좀 해달라는데!"

"아니, 우리가 말 안하는데 누가 또 말할 사람이 있다고~!"

"그래도 서류를 해 달래. 맘 편하게!"

"그럼 절에서 원하는 대로 해주세요!"

"우리가 절에다가 길을 시주하는데 좋으면 좋았지 나쁜 일이겠어요?"

"복 받을 거야! 기분 좋게 해줘요!"

윗대부터 내려오던 땅을 누구 딴사람에게 넘어갔다 해서 시집 오자마자 빨강치마 초록저고리 입고 제일 먼저 한 일이 이 3만3천 평 땅 찾는 일이었다.

다행히 부모님들이 인심을 잃지 않으셔서 마을 사람들이 20몇 명 연판장에 한 사람도 싫은 기색 없이 도장 찍어준, 그래서 다시 되찾은 땅이었다.

식구 중 누구도 땅이 통째로 넘어가는데도 누가 해주겠지~하고 가만히 있는 게 답답하고 내용을 들어 보니까 괜히 눈물이 나서 계속 울면서 다녔다.

마냥 착한 사람들 속에서 내가 민비노릇을 하지 않으면 안 되겠다고 생각한 것이다. 1년에 150가마씩 올라오던 논도 큰사위에게 넘어가. 쌀 한 톨 안 올라와도

"그것도 자식이니까!"

하시고 딸 셋을 다 집 사줘서 시집보내 동네에서 다 데리고 산다.

50억

"프리마 사료에서 50억을 무이자로 갖다 쓰라는데 어떡할까?"

"왜? 무슨 돈이 갑자기 50억이 생겼데요?"

"응, 무슨 비자금인 것 같아."

"다른 곳에 2호점 하나 더 내면 어떻겠냐고…."

"돈은 무조건 받아야지, 만져만 보고 주더라도."

"그래?"

"그럼, 돈인데! 싫은 사람 있어?"

"큰 집을 살까, 2호점을 낼까?"

"두 개 다 하겠네."

"그렇지?"

"나 집 보러 간다!"

"돈 나오면!"

"나온다니까 나오겠지~."

"내가 믿음직해 보이나 봐!"

"나한테 의논한 거 보면."

"보이기는 그렇게 보이지!"

"아무한테도 말하지 마!"

"내가 누구 만나서 말하고 다니는 사람이에요?"

"그러니까, 혹시라도 해서. 기밀사항이니까."

"알았어요, 입 꼭 다물게!"

"집은 복덕방에 내놓으면 금방 팔릴까."

"일단 내놔 봐."

"그럼 우리 이 집 사 준데다 내놔야지?"

"그러던지."

담 너머 라일락 향기마

골목 건너편집 약국네 담장 위로 '라일락'이 탐스럽게 피어나 그 향이 가지 채 우리 집 식탁으로 넘어올 듯 향이 그윽하다.

식탁 위의 음식에 라일락 향이 스며들어 감미롭다.

밥을 먹는 건지, 향기를 먹는 건지….

부엌 식탁에 앉아 있을 때가 가장 좋다. 이 집 어느 곳보다 부엌이 가장 쾌적하고 아늑했는데 '라일락' 향을 너무 우리 집에서 독차지했나 보다.

할머니 방에서는 지나가는 사람 쳐다보는 재미가 있었고, 붉은 넝쿨장미는 우리 집에도 많았지만 집집마다 넝쿨장미 때문에 동네가 여름 내내 빨갛다.

2층집 샀다고 친구들 불러서 자랑하고 친척들 불러서 잔치하고 이 집에 와서 아이들 다 학교 들어가고 차도 처음 사고, 아들이 올백 올백 하는 바람에 학교 가나 동네에서나 엄마들한테 대접도 받아보고 호강호강하였는데 아쉽기도 하지만 다음 목표를 향하여 6년 살고 이 집을 내놓기로 하였다.

강남 아파트로 이사하기로 하고 영동교를 지나 무역센터 쪽으로 차가 달리는데.

강남입성

- 어머나! 무슨 길이 이렇게 넓을까!

활짝 퍼지는 도로가 딴 세상 같다. 높은 건물과 넓은 길!

미국인가? 외국처럼!

- 세상에 왜 이렇게나 길이 넓어! 진짜 넓다!

이사해 놓고 바로 공사에 들어가기로 했는데 터 잡을 때처럼 공사도 난공사가 되나 보다. 생각보다 돌이 많아서 일이 늦어지는 바람에 다음 해 정월 초하루가 개업날이 되었다.

돼지머리도 주문하고 떡도 맞추었다. 홍어도 무치고 따로 머릿고기도 마련하여 터에 막걸리 한 사발 부어 신고했다.

- 부디 번창하여 소원성취하길 바라나이다!

세뱃돈

설날이다!

차례 지낸 다음 세 아이들에게 세배받을 때 아이들이 세배하니 봉투 하나씩을 주고 나서 아이들 아빠가 나에게 말한다.

"당신도 해!"

"뭐를!"

"세배!"

"세배?"

"해야지, 설날인데."

"아이들이 지금 했잖아!"

"당신도 해!"

"왜?"

"이거!"

뒤에서 빳빳한 돈 100만 원 신권 한 묶음을 빼들고 흔든다.

"이거 줄 건데 안 받아?"

"아니 남편한테 세배하는 사람이 어디 있어? 세배는 어른한테 하는 거지~."

"이 집에서는 내가 어른이지!"

"엄마 내가 할께!"

"너는 아까 받았잖아."

라고 아빠가 말한다.

"그래서, 해야 주는 거야. 백만 원?"

"그렇지!"

"별꼴이야 정말!"

"자 받아 그럼. 세배할 테니."

- 부자 되소서!

절하고 백만 원을 받았다.

나는 아무에게도 말하지 않았는데 아이들 아빠는 만나는 사람
마다 내가 세배한 얘기를 한다. 돈 받고 세배했으면 끝날 줄 알았
는데 두고두고 그 돈 다 쓰고 없어질 때까지 떠들어댄다.

후유증이 길다~.

딱지

현관문이 열린다.

막내가 학교 갔다 들어오면서!

"얼굴 표정들이 왜 그래?!"

"싸웠어?"

"참나! 키가 덜 컸나!"

방에 들어가서 옷 갈아입고 나오더니 주방으로 가서 한참을 딸그
락거린다. 내가 제일 아끼는 머그잔 두 개에 커피를 담아 들고는

"이거 아파트 '팔각정'에 두고 갈 테니까 시원한 공기 쏘이면서
둘이 마셔요!"

"알았지?!"

"나 학원 가~!"

"빨리 나와! 이 커피 잔 누가 가져갈지도 몰라~."

"띵동 띵동."

"누구세요?"

"네 국세청에서 나왔습니다."

"국세청이요? 왜요?"

문을 열자마자 남자 세 명이 들이 닥쳐서는 뭐라고 설명하는 것 같더니 모든 물건에 빨간 딱지를 다 부친다.

"왜 이래요?"

"이거 떼시면 안 됩니다!"

"남편 분에게 물어보시면 압니다!"

"실례했습니다."

"따르릉~ 따르릉."

신호는 가는데 도대체 전화를 안 받는다.

술에 취해 몸을 가눌 수 없게 된 남편을 기사가 부축해서 데려다 놓고 간다. 일단 옷 벗기고 침대에 눕히고 아침을 기다린다.

귀없는 사람

자정이 다 된 때 침대로 들어가 누우려는데 또 누가 왔다.

눈에 띄게 예쁜 젊은 여자와 그보다 더 어린 젊은 남자가 들어온다.

"이 사장님 계시죠?!"

"지금 주무시는데 이 시간에~."

"웬일이냐고요? 돈 받을게 있으니까 왔죠, 지금 다 때려 부술수도 있지만 내일까지 돈 가져오라고 하세요."

"주민번호 집까지 다 알았으니까 안 갚으면 매일 올 테니까요!"

- 귀가 한 쪽이 아예 없다.

- 이게, 도대체 어찌 된 건가?

정말 아침까지 앉아서 밤을 꼬박 샜다.

일어나더니 아무 말 없이 나간다.

"말 좀 해요!"

"갔다 와서!"

카펫 밑에 돈이

아들 둘은 군대가 있다. 아들이 군대 가면서 카펫 밑에 아르바이트해서 번 돈 150만 원 있으니 엄마 쓰라고 한다.

딸이 직장 갔다가 들어오더니

"그래서 우리 이사 가야 된다고?"

"엄마한테 있는 돈으로 세금 냈더니 한 푼도 없어!"

"우리 어디로 가지?"

"엄마! 땅바닥에 나 앉게 하지 않아. 내가 알아 볼게!"

"내가 퇴계원 가서 제일 싼 집을 알아봤더니 3천만 원은 있어야 월세집이라도 들어가겠어."

"그럼 거기로 가! 돈은?"

"내가 어떻게 구해 볼게!"

안성 땅도, 중앙시장 건물도, 집도, 주유소도, 춘천에 목장까지도 하루아침에 다 날라가 버렸다. 준재벌이라고 친구들이 부쳐 준 별명이 이제 집도 절도 없이 바닥에 주저앉게 되었다.

- 지금까지 남한테 못할 짓 한 것이 없는데 무슨 날벼락이!

변두리로 이사가다

비가 부슬부슬 내리던 날, 퇴계원으로 이사 왔다. 동네가 조그맣고 조용한 데다가 사람들이 순하다.

살아질 것 같았다.

동네 아줌마들하고도 알아져서 약수터도 쫓아다니고 오던 길에 산꼭대기까지 올라가 봤다. 산꼭대기에 있는 헬기장까지 40분이면 올라가는 거리였다. 아래를 내려다보니 강물 같기도 하고 호수 같기도 해서

"어머! 호수가 반짝반짝하니 예쁘다!"

했더니 옆에 젊은 엄마가

"저거 호수 아니에요, 비닐하우스에요."

"비닐하우스?"

"네!"

"반짝반짝 빛이 나서 강물인 줄 알았는데….""

"비닐하우스가 그렇게 보이죠."

"아~ 비닐하우스! 그 부추, 상추, 오이 기르는 그 비닐하우스요?"

"네."

"여름에 저기 들어가 작업하려면 죽어요! 더워서!"

"아~."

- 나는 아직도 철이 안 났다!

세상 물정을 이렇게 모르고, 자기 발밑도 모르고 이 나이가 됐으니, 그나마 조금 젊게 봐 주는 것이 다행이다 싶었다.

- 내가 생각해도 대책이 없다!

아들들이 군대 간 2년 동안 월요일마다 내가 하는 일은 편지 보내는 일이다!

아들들이 군대 있는 건 다 아는 사실이지만 엄마가 뭐하고 어떻게 지내는지를 알려야만 될 것 같았다!

군대 있는 아들들에게는 아파트 지하에 있는 상가에서 하루 종일 "쿵짝쿵짝" 음악을 크게 틀어 놓아서 집에 있어도 무슨 유원지에 놀러 온 것 같다고 편지를 쓴다. 나는 참 적응을 잘하는 것 같다! 생활력이 강한 건 맞다!

- 내가 왜 이렇게 됐나?!

울고 짜고 하기는커녕 여기도 조용하니 공기 좋고 물 맑고 살만했다.

어디나 사람 사는 건 똑같은 것 같았다. 동네친구들이 다 비닐하우스에서 품삯일을 하거나 광주리에 물건을 담아서 팔고 있거나 하는 사람들이고 남편이 상이 군인이라서 연금으로 살거나 했다.

오이는 약을 친 건 곱게 날씬하니, 꾸부러지고 못 생긴 걸 사야 값도 싸고 농약도 안 묻었다느니, 가지도 고추도 노지것! 노지것! 하며 배우는 것도 많다. 먹는 건 여기 사람들이 강남사람들보다 더 야무진 걸 먹고 사는 것 같다.

무엇보다 24시간 남편과 같이 있어서 매일 혼자 있을 때보다 더 나았다.

슬슬 퇴계원 생활이 자리 잡아 가고 있을 때 남편 친구들이 와서는 몰래 돈 봉투를 주고 가고 놀러도 자주 온다.

공공칠가방을 들고 오길래 우리더러 뭘 사라 하나 했더니 마작 가방이다!

"꽃이고 숫자고 글씨고…."

그래서 마작도 배우고 우리가 버스 타고 그쪽 사무실로 놀러 가면 칼국수도 얻어먹고 굶어 죽지는 않는다. 마작은 4명이서 하는 건데 매일 밥 사 주고 마작 배우고 재밌는데 더 재밌는 건 마작 패를 섞을 때 서로 손들이 닿으니까 그 주인 아저씨는 몇 번 그러더니 하얀 목장갑을 끼고 패를 섞는다.

"손이 서로 닿을 수도 있으니까!"

하고 말로도 한다!

나는 그걸 보는 게 너무 웃음이 나온다. 남편 들으라고 그러는 것 같다. 이렇게 다 망해서 초야에 묻혀 숨어 살아도 나는 여전히 '숙녀분'이고 남편은 아직도 서슬이 퍼런 남자인가 보다.

- 참, 세상 웃긴다.

- 그냥 시간을 사는 거지!

- 남자, 여자는 무슨!

히말라야를 오른다고 갑자기 준비하여 생각지도 못하게 그야말로 느닷없이 따라간 히말라야. 오며가며 고생스러운 시간 어떻게 무슨 정신으로 따라갔는지도 모르겠다. 어디라도 걷는 데는 자신 있었는데 이렇게 나이를 실감하고 인정할 수밖에 없는 상황을 맞이하다니… 내가 정말 이렇게 걸을 수가 없나? 다른 사람들은 다 멀쩡한데 유독 나만 힘들다. 되돌아 갈 수도 없고 진행할 수도 없다. 몸은 힘들지만 눈에 보이는 풍경은 어디에도 비할 수 없는 아름다움! 동화 속 그림책 같은 호수 풍경! 그 푸른 물에 눈을 흠뻑 적시고 가슴에 담았다. 어디에서 이렇게 아름다운 호수를 또 볼 수 있을 것인가? 눈을 크게 열고 푸른 호수를 담는다.
지금은 열 개가 다 빠진 발톱이 나고 있는 중이다.
발톱은 빠지면 또 나니까….

소포가 왔다!
누가 우리에게 소포를 보냈나?!
군대 간 막내에게서 온 건데 박스가 꽤 크다!
작은 과자 상자를 테이프로 여러 겹이어 붙여서 만든 제법 큰 사과 상자만 한 박스다. 박스를 풀어 본 순간! 커다란 수박이 반으로 "쩍" 갈라지는 소리가 난 것 같다! 담배가 가득 들어 있다! 편지도 함께.
아버지 심심한데, 내가 받은 담배 하나도 안 피우고 몇 달 모았다고. 피우시라고! 면회는 오지 말라고!

갑자기 눈시울이 뜨거워지고 목이 따가운데! 가슴은 수박처럼 시원하다!

2년 동안 군대 간 아들 면회는 한 번도 못 갔다.

낚시터

왕숙천에서 낚시하는 남편에게 김밥을 싸서 갖다 주고는 집으로 돌아와서 창문으로 강을 내려다본다.

여기서 보이는 저 초록지붕은 울창한 나무숲으로 인해 더욱 동화책속의 집처럼 보인다. 허리에는 강물을 두르고….

저 초록지붕 집에는 누가 살까?

들어가 보고 싶다. 언젠가는….

잡아 온 붕어로 매운탕도 끓여먹고 낚시꾼들이 떠난 저녁이면 강물엔 나무들이 놀러온다. 달 밝은 밤이면 강물에 버드나무가 출렁이며 놀러 와서는 물결과 한참을 논다. 물속에 비치는 버드나무 가지는 물과 너무나 다정스럽다. 차가운 물도 반짝이며 버드나무 가지를 반긴다.

달빛을 따라가며 내일 또 온다고 약속하고 손을 흔든다.

물결도 내일 또 올 것을 알기에 잔잔히 배웅한다.

강물은 수심과 상관없이 나무들을 의젓하게 품어 준다. 놀러오는 나무들을 품어 주기만 하는 게 아니라 땅속으로 뿌리가 손을 내밀어도 아낌없이 물을 주어 생명을 기른다.

물은 나무만 살리는 게 아니라 물고기들이 다닐 수 있게 길도 만들어 주고 사람들이 먹고살 수 있도록 한다.

물은 사람이 마시고 젖을 내어 아이도 기르지만 눈물이 되어 사랑하는 사람에게 사랑도 전하고 장독대에 올려 놓고 빌어 장독대 신께 정한수로도 올리고, 부처님 전에 생수로도 올리는 만물을 살리는 비할 데 없는 공덕체이다.

흐르는 시냇물이 강물이 되고 강물이 바닷물 되어 종당에는 망망대해 넓은 바다로 나가 좋은 인연으로 본연의 임무를 다하는 물방울이, 가는 길이 조금 지루했나?! 터무니없이 동료들의 대열에서 따로 나와 해님을 동경하여 부는 바람에 부탁하고 바위를 치고 올라 해님을 쫓아가 보지만 해님한테는 가 보지도 못하고 산산이 부서져서 먹구름이 되던가! 공중분해 되어도! 앞서 간 대열에서 그런 일이 있으면 뒤에서 보고 다시는 그런 실수가 없어야 되건만 또 다시 해님을 쫓는 물들은 끊임없이 생겨난다.

바위에 부서져도!

산산이 흩어져도!

실없는 실수를 끝없이 반복한다!

"저 따뜻한 나라 해님에게 바로 갈 거야!"

힘차게 뛰어 올라 빛줄기를 타고 가면 해님에게 바로 갈 수 있을 거야! 발을 힘껏 차고 뛰어올라 보지만 빛줄기 때문에 산산이 부서지고 마는 것을! 그러나 물은 앞서감을 시기하지도 않고 그것으로 인하여 싸우지도 않는다.

미국으로

미국. 캘리포니아 소재 어린이 영어 캠프장 앞. 캠프가 끝나고 나오는 아이들을 크고 작은 여러 대의 승용차들이 기다리고 있다.

대게는 차 속에 앉아서 기다리지만 몇몇 학부형은 나와서 서성인다. 대부분 아버지들이 나와 있다. 드디어 문을 밀고 나오는 아이들. 각자 자신들의 부모들을 향해 뛰어간다.

패트릭도 아들을 발견하고는 웃으면서 달려가 안아 준다. 승용차에 아들을 태우고 좌석 벨트를 매준다.

아들 얼굴을 한 번 쳐다본다. 부모 떠나 집 떠나 하룻밤을 지내고 온 아들을 보니 대견하고 흐뭇하다. 힘든 외국생활도 이렇게 아들을 보는 즐거움 때문에 견딘다. 선글라스를 고쳐 쓰고 벨트를 맨다.

"재미있었어?"

"뭐가 제일 재밌었어?

"울었어."

"뭐! 울어?"

"왜?"

"왜 울었어?"

"엄마 보고 싶어서."

"뭐? 야! 아빠는 바쁜데도 니가 얼마나 잘 지냈나 궁금하고 재밌는 얘기 듣고 싶어서 이렇게 빨리 와서 기다리고 있는데 엄마 보고 싶어서 울었다는 게 말이 되냐? 그리고 너는 이제 초등학교

에 입학할 학생이야. 이제부터 단체생활 시작하는데 이렇게 집 떠
나 일박했다고 우는 애가 어디 있어?"

"다른 애들도 울었어?"

"나 혼자 울었어!"

"아니 도대체 왜 우냐고?"

"아빠 힘 빠지게!"

"아빠 실망이야."

4살짜리 아들은 아빠를 보고 대답한다.

"아빠! 사람은 누구나 약점이 있고 언제든지 울 수 있는 거야."

패트릭은 아들을 백미러로 보면서 말한다.

"너 어쨌든 한 번만 더 울어 봐!"

"베이비라고 다 말할 거야!"

"니 친구들한테 또 동생한테 다 말한다."

"기억해! 다시는 울지 마!"

"알았지?"

집까지는 40분을 달려야 한다.

"아이가 할머니 보고 싶다고 해요!"

"한 번 오셔야 겠어요."

결혼한 아들에게서 온 전화다.

"알았어!"

- 여권 다시 만들어야겠네.

- 비자는 금방 나오려나?

"날짜 좀 보고, 나중에 또 통화해!"

LA행 비행기를 타고 한번 둘러보니 나처럼 애기 보러 가는 할머니들이 몇 있다.

- '나 애기 보러 가요.' 하고 쓰여 있다.

좌석에 앉자마자 나눠 주는 카드에 열심히들 그리고 있다. 나처럼.

딸이 적어 준 주소를 보며 다 썼다 했는데 옆자리에서

"어떻게 쓰는 거에요?"

하고 묻는다. 나도 적어 준 주소 보고 그렸기 때문에

"이거 보고 쓰세요."

하고 카드를 내민다.

한참 보더니

"이름하고 주소가 틀리잖아요!"

한다.

- 주소와 이름이 다르면 그 곳에 자기 이름 하고 주소를 쓰면 되는 거지.

"그러면 어디 한국 승무원이 있을 거에요. 그 분에게 물어보세요."

- 나처럼 사는 사람이 또 있다.

"없어요! 아까부터 찾아보는데도."

놀이터에서

LA 캘리포니아 어린이 놀이터.

중국 아이 캐니와 토비가 미끄럼틀에서 내려온다.

키가 작은 중국 할머니가 나에게 묻는다.

"딸의 아들이에요? 아들의 아들이에요?"

"아~ 아들의 아들이에요."

"우리도 아들의 아들인데."

"토비는 튼튼하게 생겼네요."

보니까 캐니는 키는 토비보다 조금 큰데 말랐고 땀을 많이 흘린다. 말라서 허약해 보인다. 그래도 열심히 뛰어다닌다.

- 그러니 땀이 더 나지.

"몇 월생이에요?"

"4월생이요."

"우리 애도 4월생인데!"

하고 옆 모래밭에서 플라스틱 바구니에 모래를 퍼담는 일본 여자애의 엄마가 말한다.

"4월생이 많네요!"

"두유원 아이스크림! 두유원 아이스크림!"

토비가 이번엔 아이스크림 가게를 하고 있다.

"커튼캔디 아이스크림 주세요!"

"얼마에요?"

"쓰리 딸라!"

"여기 있어요!"

주먹을 내밀며 주먹으로 받아서 돈 통에 넣는 시늉을 한다.

그네를 밀어 준다.

"그랜마! 쎄게 밀어, 더 쎄게!"

"보인다!"

"뭐가 보이니?"

"용이 보여요!"

"또 보인다."

"뭐가 보이니?"

"해님이요!"

"또 보인다."

"뭐가 보이니?"

"달님이요!"

놀이터에 있는 시계탑은 6시를 가리키고 있다.

"그러게 벌써 6시네!"

"집에 가서 샤워하자."

"집에 가자!"

토비는 들은 척도 안 한다.

"존! 존! 케이런!"

하고 친구들을 불러 모은다.

"우리 그랜마야! 그랜마가 술래야. 술래잡기 하자."

"너희들 도망 가, 빨리!"

술래잡기는 미국 아이나 한국 아이나 중국 아이나 다 좋아한다.

나는 언제나 술래가 되어 놀이터 아이들을 잡으러 뛰어 다닌다. 그러면 아이들은 깔깔대고 좋아하고 숨이 차게 뛰고 또 뛴다.

일본 여자 아이도 덩달아 아이들과 같이 뛴다.

"원."

"투."

"쓰리."

"포."

"파이브."

"씩스."

"쎄븐."

"에잇."

"나인."

"텐텐텐텐! 다 숨었나? 잡으러 간다."

난리가 났다, 뛰느라고. 여기 저기, 너! 보이면 다가 아니고 손으로 등을 대야 된다. 뛰고 또 뛰고 숨이 차게 뛴다.

- 나 이러다 쓰러지면 어떡하지.

놀이터엔 조용필의 <못 찾겠다 꾀꼬리> 음악이 울려퍼진다. 꾀꼬리 음악 속에서 토비를 업고 집으로 간다. 계속 울려퍼지는 "못 찾겠다 꾀꼬리, 꾀꼬리."

못 찾겠다 꾀꼬리 꾀꼬리 꾀꼬리

나는야 오늘도 술래

못 찾겠다 꾀꼬리 꾀꼬리 꾀꼬리

나는야 언제나 술래

어두워져 가는 골목에 서면

어린 시절 술래잡기 생각이 날 거야

모두가 숨어버려 서성거리다

무서운 생각에

나는 그만 울어버렸지

하나 둘 아이들은 돌아가 버리고

교회당 지붕 위로 저 달이 떠올 때

까맣게 키가 큰 전봇대에 기대 앉아

얘들아 얘들아 얘들아 얘들아

못 찾겠다 꾀꼬리 꾀꼬리 꾀꼬리

나는야 오늘도 술래

못 찾겠다 꾀꼬리 꾀꼬리 꾀꼬리

나는야 언제나 술래

엄마가 부르기를 기다렸는데

강아지만 멍멍

난 그만 울어버렸지

그 많던 어린 날의 꿈이

숨어버려 잃어버린

꿈을 찾아 헤매는 술래야

이제는 커다란 어른이 되어

눈을 감고 세어 보니

지금은 내 나이는
찾을 때도 됐는데
보일 때도 됐는데
얘들아 얘들아 얘들아 얘들아
못 찾겠다 꾀꼬리 꾀꼬리 꾀꼬리
나는야 오늘도 술래
못 찾겠다 꾀꼬리 꾀꼬리 꾀꼬리
나는야 언제나 술래
못 찾겠다 꾀꼬리 나는야 술래
못 찾겠다 꾀꼬리 나는야 술래
못 찾겠다 꾀꼬리 나는야 술래
못 찾겠다 꾀꼬리 나는야 술래
못 찾겠다.

토비는 노래하더니 조용하다.
아이를 업고 걸어간다.
지나가는 젊은 남녀가 손주를 등에 업은 것을 보고 웃으며 지나
간다.

계속 반복되는 노래는 조용필의 <못 찾겠다 꾀꼬리>!